Bernhard Schulz

Nachmittag mit langsamer Erwärmung

Geschichten

www.BernhardSchulz.de

Alle in diesem Taschenbuch gesammelten Geschichten wurden in Tageszeitungen, Zeitschriften, Anthologien und Kalendern veröffentlicht. Sie werden hier angeboten in der Reihenfolge, in der sie geschrieben und gedruckt wurden.
Hinweis: Sollten sich trotz großer Sorgfalt Fehler eingeschlichen haben, so bitte ich diese zu entschuldigen. Ich wäre Ihnen dann aber sehr dankbar für eine Email-Nachricht an den Herausgeber.

Titelblattgestaltung : Thomas Gneiting

Kontakt per E-Mail: Ansgar@Schulz-Mittenzwei.de

Wenn die Sonne meinen Buckel streichelt, wenn die Bäume grünen und die Vöglein singen, dann fühle ich mich stark genug, auf einem Schemel Pirouetten zu drehen.

Jean Giono

Je mehr jemand die Welt liebt, desto schöner wird er sie finden.

Christian Morgenstern

Laßt uns dankbar sein gegenüber Menschen, die uns glücklich machen. Sie sind liebenswerte Gärtner,die unsere Seele zum Blühen bringen.

Marcel Proust

Schau ganz tief in die Natur und dann verstehst Du alles besser.

Albert Einstein

Im Preis herabgesetzt

In der Zeitung steht heute, daß die Stare angekommen sind. Wenn die Stare da sind, kommen auch die Weidenkätzchen und die Schneeglöckchen und die Krokusse. Gemeldet wird auch der erste Schmetterling des Jahres. Es ist ein Zitronenfalter und gehört zur Gattung der Weißlinge. Ein Rentner hat ihn in einer Streichholzschachtel zur Redaktion gebracht, und der Redakteur hat einen Artikel über den Schmetterling geschrieben. Wir Leser des Lokalblatts fangen um diese Zeit an, über Ereignisse zu reden, die mit dem Frühling zu tun haben.

Heute ist ein sehr milder Tag. Ich bin nach dem Mittagessen in meinen Schrebergarten gegangen, der am Bahndamm liegt. Ich habe meiner Frau abends davon erzählt, wie sehr ich es genossen habe, mit dem Spaten ein paar Stiche in die Erde zu tun. Dann habe ich auf der Bank in der Sonne gesessen und eine Flasche Bier getrunken, und die Reisenden im Intercity haben mir zugewinkt. Die Reisenden im Intercity haben gedacht, da sitzt einer in der Sonne und trinkt sein Bier. Im Bürgerpark rücken die jungen Mütter die Kinderwagen in die Sonne, und es ist fast überhaupt kein Wind zu spüren, sondern nur die seidenweiche Luft des Frühlings. Eine alte Dame hat ihren Vogelkäfig mit in den Park gebracht. Der Vogel ist ein Wellensittich und heißt Hansi.

Mein Nachbar ist ein Buchhändler, ein freundlicher Mann, der seinen Kunden gelegentlich preiswerte Angebote macht. Heute handelt es sich um ein Werk über den Zweiten Weltkrieg. Es enthält zahlreiche Illustrationen, Kartenskizzen und Panorama-Farbtafeln der bedeutendsten Schlachtfelder. Das Werk hat bisher achtundvierzig Mark gekostet und ist jetzt vom Verlag auf neunzehn Mark achtzig herabgesetzt worden. Der Buchhändler sagt, daß sich niemand mehr für den Zweiten Weltkrieg interessiert.

Der Buchhändler und ich, wir haben beide den Zweiten Weltkrieg mitgemacht, deshalb duzen wir uns. Wir sind alte Kameraden. "In Rußland", sagt der Buchhändler, "kommt der Frühling über Nacht. Über Nacht beginnt die Schneeschmelze. Wir lagen im Mittel-Abschnitt vor einem Dorf, das Kaminka hieß. Von beiden Seiten schoß die Artillerie in den Ort. Es war ein Tag, an dem ähnlich wie heute die Luft seidenweich dahinfloß und die Erde nach Frühling roch. Verstehst du, was ich meine?"

"Aber ja doch", erwiderte ich, "ich weiß, wie die Erde schmeckt."

Der Buchhändler sah mich prüfend an, als wolle er sich überzeugen, daß ich der Wiedergabe seiner Erinnerungen würdig sei. "Das Erregendste an diesem Tag vor Kaminka", fuhr der Buchhändler fort, "das war nicht die Schneeschmelze, sondern der russische Himmel, der voller Lerchen hing. Es müssen tausende gewesen sein. Nicht beeindruckt von Detonationen, Feuersäulen und Rauchwolken stiegen die Lerchen zum Himmel empor. Sie ließen sich nicht von ihrer Aufgabe abbringen, den Schöpfer zu loben. Den Schöpfer Himmels und der Erden, wie es in der Bibel heißt. Während der kleinen Pausen, die zwischen Abschuß und Einschlag entstanden, lauschten wir dem Lied der Lerchen." Er schluckte ein wenig, und dann sagte er:

"Soll ich dir mal was sagen?" Ich nickte, einverstanden,

und der Buchhändler sagte: "Zu keiner anderen Zeit im Krieg habe ich so schlimm unter Heimweh gelitten. Ich sehnte mich nach dem Dorf zurück, in dem ich aufgewachsen bin, zurück nach den Feldern, über denen im März ja auch die Lerchen sangen. Die Lerchen bestärkten mich in der Hoffnung, daß der Krieg nicht ewig dauern würde und daß ich eines Tages heimkehren dürfte."

"Und das Buch über den Krieg", ich deutete auf das Sonderangebot im Schaufenster, "werden die Lerchen in dem Buch erwähnt?"

"Mann, wo denkst du hin", antwortete der Buchhändler, "gemessen am Donner der Kanonen und am Glanz der Generäle sind die Lerchen doch ganz unwichtig."

Nachmittag mit langsamer Erwärmung

In einem Omnibus, der im Stadtverkehr eingesetzt ist, fahren drei junge Damen mit. Damen ist geschmeichelt; denn noch sind sie nicht ganz so weit, obwohl an ihren Fingernägeln ein Hauch von Lack und auf ihren Wangen ein Tupferchen Rouge zu sehen ist. Sie erwecken immerhin den Eindruck, daß sie es bis zur Dame bringen werden.

Auf dem Schoß liegt ihnen eine Tasche voller Lehrbücher und Hefte. Der Unterricht ist zu Ende, Schluß für heute mit Englisch und Mathematik, und jetzt fahren sie nach Hause. Es ist Freitag, die schönsten Stunden der Woche brechen an. Vorfrühlingssonne flirrt durch das Geäst der Pappeln am Straßenrand.

Der Wetterbericht hat langsame Erwärmung angesagt. Den Damen gegenüber sitzt, auf einen Stock mit silberner Krücke gestützt, ein vornehmer alter Herr. Er ist den Damen um drei Generationen voraus. Im Berufsleben mag er Professor an der Pädagogischen Hochschule oder Regierungsrat oder Landgerichtsrat gewesen sein.

Die Damen plappern drauflos, und der vornehme alte Herr hört zu. Er spürt, wie sich in seinem Gemüt wohlige Heiterkeit ausbreitet. Jaja, so arglos muß man sein.

"Wißt ihr was", sagt die junge Dame, die Inge heißt, in

der Mitte sitzt und die Wortführerin dieses Kränzchens ist: "Im Fernsehen läuft um fünfzehn Uhr ein Superfilm."

"Meinst du Pirat der Königin?" fragen die beiden Damen wie aus einem Munde.

"Genau. Es ist die siebenundzwanzigste Fortsetzung.

Ich möchte auch wohl Königin sein und Piraten als Leibwache haben."

"Du bist aber keine Königin. Du bist einfach nur die Inge und gehst in die achte Klasse."

"Danke fürs Bescheidsagen. Trotzdem lade ich euch zu Kaffee und Kuchen ein."

"Das ist lieb von dir, Inge. Und was machen wir nach dem Film?"

"Dann machen wir's uns gemütlich."

"Und wie sieht das aus?"

"Ich schlage vor, daß wir auf den alten jüdischen Friedhof gehen."

Und nun bricht unter den jungen Damen so etwas wie Jubel aus: Kaffee und Kuchen, Pirat der Königin und alter jüdischer Friedhof. Ein Klassevorschlag.

So was nennen die nun gemütlich, denkt der alte Herr, der Professor an der Pädagogischen Hochschule oder Landgerichtsrat gewesen ist. Wie kann ein Friedhof gemütlich sein? Keine zehn Pferde würden mich dazu bringen, einen Nachmittag mit langsamer Erwärmung zwischen Grabsteinen zu verleben.

"Entschuldigen Sie bitte, meine Damen", mischt sich der alte Herr ins Gespräch, "was um des Himmels willen treibt Sie auf einen Friedhof?"

"Das ist ganz einfach", antwortet eine der Damen, "auf dem Friedhof verkehren keine Autos. Es ist so still, daß man das Gras wachsen hört. Und an keinem anderen Ort im Stadtgebiet singen jetzt schon die Vögel, und nirgendwo blühen so schöne Blumen wie auf den Gräbern. Wir setzen uns auf eine Bank und erzählen Geschichten".

"Ich danke Ihnen", sagt der alte Herr, der den Damen um drei Generationen voraus ist. "Ich habe etwas gelernt. Sie haben recht. Darf ich Ihnen viele Blumen und Vogelstimmen wünschen?"

Warte nur, balde... fügt er still für sich hinzu und lächelt. Auf dem Friedhof verkehren keine Autos. Man hört das Gras wachsen, und die Vöglein singen. Das ist es.

Das Schwert am Kleiderhaken

Wer einen Sohn hat, der muß sich bemühen herauszufinden, welche Vorbilder er seinem Sohn empfehlen kann. Als Vater ist er zu unbedeutend, um Vorbild zu sein. Als Vater steht er mitten im Erwerbsleben und muß sich plagen, die Erdnüsse für Miete, Steuern, Krankenkasse und zahlreiche Gebühren aufzubringen. Er hat keine Zeit, sich mit der Aufgabe zu befassen, vorbildlich zu sein.

Ich selbst habe in meinen Knabenjahren den Schneidergesellen Lehmkuhl verehrt. Er war mir lieber als der Heilige Franziskus, der Heilige Albert Einstein oder irgend ein anderer. Lehmkuhl, Gerhard, Jahrgang 1915, kriegsverwendungsfähig, war aus der Kaserne, in der er für den Ernstfall eines Krieges ausgebildet wurde, auf Urlaub gekommen.

In seinem Heimatdorf setzte er sich auf den Schneidertisch und nähte Knöpfe an, wie er es vordem getan hatte, und abends besuchte er das Fräulein Braut. Und als der Urlaub abgelaufen war und Lehmkuhl in die Kaserne zurückkehrte, fiel er dem Posten auf, weil er sein Seitengewehr nicht dabei hatte.

Er hatte das Schwert, den Degen, das Seitengewehr samt Koppel und Portepee bei Fräulein Braut am Kleiderhaken im Schlafzimmer hängen lassen. Nicht einmal bei der Bahnfahrt in die Garnison war ihm bewußt geworden, daß er nackt war. In der Sprache seiner Vorgesetzten galt ein Soldat ohne Waffe als nackt. Nun wissen wir, daß das Vaterland zwar einen Krieg verlieren kann, aber der Tatbestand, daß sich einer seiner Söhne ohne Säbel aus dem Urlaub zurückmeldet, wurde auf der Schreibstube ernster eingeordnet.

"Mache er sich auf alles gefaßt", drohte der Spieß.

Der Grenadier Lehmkuhl, Gerhard, wurde zu zehn Tagen verschärftem Arrest verurteilt, wegen "aufsässigen Verhaltens". Der Kompaniechef betonte, hier käme erschwerend hinzu, daß dem Angeklagten offensichtlich nicht das Geringste daran gelegen sei, eine Waffe zu besitzen, um das Vaterland zu verteidigen.

"Jawohl, Herr Hauptmann", sagte Lehmkuhl und stand stramm.

Jawohl, Lehmkuhl ließ nicht einmal Reue oder Einsicht erkennen. Er nahm die Strafe gelassen hin, wie er auch täglich die Erbsensuppe entgegennahm, und als er nach zehn Tagen bei Wasser und Brot aus dem Militärgefängnis entlassen wurde, war ihm das Seitengewehr samt Koppel und Portepee genauso gleichgültig wie zuvor.

Er war in der Werkstatt seines Meisters mit Nadel und Schere groß geworden, und mit den Kunden, die ihm ihre Hosen zu Flicken und Bügeln brachten, hatte er über die Preise für Fleisch, Kartoffeln und über den Ortsgruppenleiter gesprochen, der ein Blödmann war.

"Waffen, die an der Garderobe am Haken hängen", verkündete Lehmkuhl, "richten keinen Schaden an, jedenfalls nicht, solange sie dort hängen. Stimmts?"

Ich bewunderte den Gleichmut, mit dem Lehmkuhl etwas so Schlimmes getan hatte: Er war nackt in der Welt herumgelaufen. Dabei hatte er weder dem Vaterland noch der Kompanie getrotzt, er hatte überhaupt nicht getrotzt, er hatte von seinem Fräulein Braut geträumt, und das versteht doch jeder, der seine fünf Sinne beisammen hat.

Lehmkuhl kehrte unversehrt aus dem Krieg zurück, kein Held, sondern einfach nur jemand, der überlebt hat und bereit ist, ab sofort wieder Hosen zu flicken und zu bügeln. Seine Gelassenheit, veredelt durch eine gewisse Verschmitztheit, die man im Schneidersitz im Umgang mit der Schere erwirbt, hatten ihn - in meinen Augen - zum Vorbild gemacht.

Lehmkuhl sagte wieder "Immer mit der Ruh", und er sagte es bis zu hundertmal am Tag. "Immer mit der Ruh", und mit dieser Parole, diesem Ratschlag, diesem Wort zum Sonntag trickste er den größten Feldherrn aller Zeiten aus.

Jawohl, Herr Hauptmann...

Wir alten Knaben erzählen uns heute noch gern die Geschichte vom Schwert am Kleiderhaken, und wie das Fräulein Braut dem Verlobten hinterherreiste, Seitengewehr samt Koppel und Portepee in einem Geigenkasten verborgen, und dem Hauptmann schwer Bescheid sagte, von wegen zehn Tage bei Wasser und Brot und wer küßt mich und überhaupt.

Und beinahe hätte der Hauptmann die freche Person wegen Beleidigung eines Offiziers und wegen Ermunterung zur Disziplinlosigkeit in der Armee ebenfalls zu verschärftem Arrest verurteilt. Aber gottlob hatte er es mit einem Fräulein zu tun, und mit einem Fräulein konnte er das nicht machen.

Um zehn machen sie Pause

Herr Kersten ist der Chef, ihm gehört die Firma, Kaffee & Tee Im- und Export. Der Chef hat ein Büro für sich allein, einen Schreibtisch mit verschließbaren Fächern und eine Schreibkraft, die Alwine heißt. Alwine ist neunzehn Jahre alt und hat die Höhere Handelsschule besucht. In der Laienspielschar stellt sie die Gräfin Eulalia von Hopplahop dar. Gräfin spielt sie gern, sagen die Leute. Mit ihrer Pferdeschwanzfrisur sieht sie entzückend aus, das muß man ihr lassen.

Um zehn machen sie Pause. Die Angestellten packen ihr Brot aus und fangen an zu essen, und die Tür zum Lager bleibt auf, weil Herr Kummernit im Türrahmen steht und Witze erzählt. Aus dem Lager dringt der Duft von arabischem Kaffee und chinesischem Tee in die Büroräume.

Auch der Chef legt eine Pause ein. Er entnimmt seiner Aktentasche eine Flasche, die mit grauem Filz überzogen ist. Er hat die Flasche aus dem Krieg mitgebracht, in den er als Sechzehnjähriger hineingeraten ist. Wenn er heute etwas trinkt, dann nur aus dieser Flasche, die seine Frau ihm mit Kaffee gefüllt hat.

"Mein gutes Stück" sagt Herr Kersten und zeigt die Flasche dem Fräulein Alwine mit dem Pferdeschwanz. Die Flasche stammt aus dem Krieg, so alt ist sie schon, und sie ist mit grauem Filz überzogen und hat Beulen.

"Igittegitt" sagt Alwine.

Ein Junge, den Alwine kennt und der in der Laienspielschar mitmacht, besitzt auch eine Feldflasche.

Karlheinz gehört zu den Pfadfindern. Der heilige Georg zeigt ihm die Pfade durchs Weserbergland und durch den Odenwald. "Aber in der Hauptsache", sagt die Gräfin, "weist ihm der heilige Georg den Weg ins Himmelreich."

Als Herr Kersten so alt war wie Karlheiz mußte er ein Gewehr tragen und stramm stehen vor jedem, der etwas zu sagen hatte. Herr Kersten hatte nichts zu sagen. Er mußte ein Gewehr tragen.

Herr Kummernit, der im Lager das Sagen hat, behauptet, daß der Chef einen Tick hat, ein posttraumatisches Streßsyndrom, wenn hier jemand weiß, was das ist. Sein Problem ist die Feldflasche, die er aus der Kriegsgefangenschaft mitgebracht hat. Herr Kummernit sagt, er kann sie genauso gut über dem Sofa an die Wand nageln. Dort kann er sie auch betrachten und sich daran erinnern, was sie ihm bedeutet hat. Bei der Arbeit schmeckt ihm der Kaffee eben nur aus dieser Flasche.

Seine Frau weiß, was hinter der Flasche steckt, sagt Herr Kummernit. Der Krieg in Rußland steckt dahinter, die Jahre im Bergwerk, die Jahre hinter Stacheldraht, die Jahre ohne Nachricht aus der Heimat, die verlorene Jugend und die zerstörte Gesundheit. In der Gefangenschaft war die Flasche sein einziger Besitz. Herr Kummernit stammt aus Ostpreußen, er weiß, wovon er redet.

Heute besitzt Herr Kersten ein Reihenhaus mit Gärtchen, eine Firma mit acht Angestellten, ein Auto und einen Schreibtisch mit verschließbaren Fächern. Im September wird Herr Kersten fünfundsiebzig. Dann will er seine Firma verkaufen.

Alwine geht mit einer Spardose umher und sammelt Spenden. Sie will dem Chef zum Geburtstag eine Warmhaltekanne schenken, in der Kaffee bis zu vier Stunden heiß bleibt.

"Laß das", sagt Herr Kummernit, "er hat nun mal diesen Tick. Sie gehören zusammen, die Feldflasche und er. Sie hat ihm geholfen, Workuta zu überleben."

"Workuta" wiederholt Alwine. Sie spricht das Wort aus, wie sie auch ein Wort für Seidenstrümpfe, Zahnpasta oder Brotaufstrich aussprechen würde.

"Ja, Workuta", sagt Herr Kummernit, "nie gehört, was? Workuta liegt in Sibirien."

Der Schäfer und sein Hund

Als ich ein Knabe war und auf dem Dorf lebte, antwortete ich auf die Frage, was ich denn einmal werden wollte, daß ich den Beruf eines Schäfers ergreifen würde. Herr über eine Schafherde zu sein, kam mir als erstrebenswertes Lebensziel vor. Es gab in unserem Dorf einen Mann, der eine Herde von vierhundert Schwarzkopfschafen hütete. Dieser Mann hieß Reinhold Kindsgrab. Es war ein Name, der sich einem einprägt.

"Wie kann jemand Kindsgrab heißen?" hörte ich einmal meine Mutter fragen. Reinhold war aber immerhin der Name eines christlichen Märtyrers, der im Dorf als Schutzpatron der Steinbrucharbeiter verehrt wurde.

Im Lokalblatt hatte ich gelesen, daß Herr Kindsgrab der einzige Schäfer in unserer Gegend sei. Kaufleute, Finanzinspektoren und Fahrlehrer habe es zur Genüge, aber es gäbe nur noch einen einzigen Schafhirten, und diese Tatsache müsse aus volkswirtschaftlichen Gründen festgehalten werden.

Die Zeitung nahm sich dieses Schafhirten an. In jedem Frühjahr erschien ein Bild auf der ersten Seite mit dem Hinweis, daß Herr Kindsgrab mit seiner Herde ein Frühlingsbote sei. In der Schule mußten die Kinder einen Aufsatz über Herrn Kindsgrab schreiben, und der Lehrer brachte ein Bild mit, auf dem Jesus, der Gute Hirte mit einem Lamm auf dem Arm zu sehen war. Wenn die Schafe ausgetrieben wurden, waren die Hecken grün, und in den Vorgärten sprossen Krokusse und Leberblümchen. Reinhold Kindsgrab war eine beachtenswerte Erscheinung. Wie er in seinem wallenden Lodenumhang und einem Schlapphut auf dem Kopf hinter der Herde einherschritt, umbellt von seinem Hund, war er in der Tat eine Gestalt aus altte-stamentarischen Zeiten. An seiner Hüfte hingen eine lederne Tasche mit Wundsalbe für die Schafe und ein Horn aus Messing, und in der rechten Hand hielt er den Hirtenstab mit einem Schaufelchen obenan.

Umblökt von Schafen und bewundert von den Zuschauern zog er würdevoll seines Weges, hinaus aus dem Dorf in die grüne hügelige Landschaft. Vierhundert Schafe hatten den Winter hinter sich und sollten sich draußen fettes Fleisch und dicke Wolle anfressen. Die

Herde gehörte einem Landwirt namens Siebel, aber Reinhold Kindsgrab war der Mann, dem die Herde anvertraut war.

Über das Geschäft, das mit Schafen zu machen oder nicht zu machen war, schrieb die Zeitung keine Zeile, aber im allgemeinen glaubten die Leute, daß es sich hier um Reichtum handelte. Wie dem auch sein mochte - was mich anging, so wollte ich wie Herr Kindsgrab jemand sein, der einen Schlapphut tragen durfte und in jedem Frühjahr für die Zeitung fotografiert wurde. Außerdem mochte ich Schafe, und besonders gefielen mir die frisch zur Welt gekommenen Lämmer, die so sanft und tumpig waren und kaum auf den Beinen stehen konnten. Wenn ich erwachsen wäre, das hatte ich meiner Mutter versprochen, würde ich ihr ein Lamm zum Geburtstag schenken. Ich versprach es, ohne zu bedenken, daß meine Mutter Schwierigkeiten damit haben würde, in der kleinen Wohnung ein Lamm unterzubringen.

Aber das ist nun schon lang her. Aus dem Schlapphut ist nichts geworden, und meiner Mutter habe ich nie ein Lamm geschenkt. Herrn Kindsgrab mit seiner Herde habe ich noch ein paar Jahre dahinziehen gesehen, im Frühjahr, wenn er austrieb, und im Herbst, wenn er ins Dorf zurückkehrte. An seiner Aufmachung hatte sich nichts geändert. In seinem Gesicht lag noch der gleiche zufriedene weltentrückte Ausdruck. Er grüßte, indem er seinen Stab mit dem Schaufelchen obenan ein wenig hin und her wippte. Ich bin sicher, daß Reinhold Kindsgrab unter uns allen der einzige war, der keinen Wunsch hatte. Er war glücklich.

Jahre gingen ins Land. Bald war von Herrn Kindsgrab in der Zeitung kein Bild mehr zu sehen. Die Redaktion schien sich in der Hauptsache für synchrongesteuerte Kraftwagen und für Flugzeuge mit Überschallgeschwindigkeit zu interessieren. Du lieber Himmel, wer nahm heute noch einen Schafhirten ernst? Waren Schafe denn überhaupt ein Geschäft? Hatten wir nicht größere Aufgaben zu erfüllen als Wolle zu erzeugen?

Eines Tages, als ich wieder einmal zu Hause war, begegnete mir Herr Kindsgrab. Er blieb vor mir stehen und grüßte. Aber was tat Herr Kindsgrab? Er schleppte einen Mülleimer. Statt des wallenden Umhangs trug er einen blauen Arbeitsanzug und statt des Schlapphuts eine Schirmmütze. Früher hatten wir miteinander gesprochen, in den alten Zeiten, die jetzt weit zurücklagen. Wir hatten das Wetter durchgenommen, die Schafe, den Hund und das allgemeine Leben.

Müßte ich jetzt mit ihm über die Probleme der Müllabfuhr reden?

"Wo ist denn ihre Herde?" fragte ich.

Er sah mich erstaunt an, als wäre ich vor zwanzig Jahren auf einem bestimmten Fleck stehengeblieben und keinen Schritt vorangekommen. "Abgeschafft", sagte er, "Siebel hat die Herde abgeschafft. Es lohnt nicht mehr. Preissturz für Wolle. Man kann heute keine Schafe mehr halten, sie sind dem Auto überall im Wege. Ich wurde entlassen, und da bin ich eben Müllkutscher geworden."

"Das tut mir leid", sagte ich. Ich spürte mit einem Mal, wie hilflos ich der Zeit gegenüberstand. "Es war ein schönes Bild, Sie mit Ihren Schafen und dem Hund zu sehen", fügte ich hinzu.

Der Müllwagen fuhr an, und Herr Kindsgrab, dieser letzte Schafhirte, mußte sich um seine Eimer kümmern, um tote Eimer statt um lebendige Schwarzkopfschafe.

In Zukunft waren seinen Armen Abfälle und Sperrgut anvertraut und niemals wieder frisch zur Welt gekommene Lämmer, die so sanft und tumpig waren und kaum auf den Beinen stehen konnten.

"Und der Hund", fragte ich, "was ist aus Hektor geworden?"

Da wandte sich Herr Kindsgrab mir noch einmal zu, und wenn ich je einen Mann gesehen habe, der traurig war, dann war er es.

<"Den hat Siebel verkauft", sagte er, "ich hätte ihn behalten können, aber ich kann mir das Futter und die Steuer nicht leisten." Halten wir fest, daß Mann und Hund jahrzehntelang eine Herde gehütet haben. Dann fielen die Preise für Wolle, und die vielen Autos wollten die Schafe auf den Landstraßen nicht dulden, und jetzt hatten sie es sogar fertiggebracht, Mann und Hund zu trennen - der Steuer wegen. Der Profit gilt ihnen mehr als der Anstand.

"Dreimal ist der Hund heimgekehrt", sagte Herr Kindsgrab, "aber ich habe ihn jedesmal zurückgebracht.

Nun fahre ich zum Wochenende aufs Land hinaus, um Hektor zu besuchen. Was soll ich Ihnen erzählen? Er bringt sich jedesmal um vor Freude."

Eskimofrau mit Fünflingen

Wenn irgendwo auf der Welt Drillinge, Vierlinge oder sogar Fünflinge geboren werden, beeilen sich die Zeitungen, ihren Lesern den genauen Sachverhalt in Wort und Bild mitzuteilen. Die rührend weiß gebündelten Menschlein liegen unter Glas und werden von einer Schwester mit weißem Häubchen und Mundschutz betreut.

Die Zeitung schreibt, daß die Neugeborenen bereits zugenommen haben und daß ihnen der Präsident des Landes Glück gewünscht hat. Die Mutter hat einen Blumenstrauß bekommen, und vom Vater heißt es, daß er den Umständen entsprechend glücklich sei. Es bleibt ihm für gewöhnlich auch keine andere Wahl, als glücklich zu sein. Zuhause wird der Ärmste von Vertretern besucht, die sich um das Wohlergehen von Babys kümmern.

Ich bin in der Lage, erzählen zu können, daß ich einmal eine Mutter mit Fünflingen leibhaftig vor mir gesehen habe. Es war in der Wartehalle des dänischen Flughafens Kastrup. Die Mutter wartete mit ihren Knirpsen, die nach Aussage von Zuschauern soeben vier Jahre alt geworden waren, auf den Abruf für den Rückflug nach Grönland.

Es waren Eskimokinder, die bis über den Kopf in Seehundsfelle und buntbesticktes Rentierleder eingehüllt waren: possierliche Figürchen mit Zappelbeinen und Zappelarmen und Schlitzaugengesichtern. Der Grund der Reise war der, daß die Mutter dem König von Dänemark, dem ja auch Grönland gehört, vorgestellt worden war; denn der König von Dänemark belohnt kinderreiche Familien in seinem Staat mit königlicher Huld und dänischen Kronen, und das Fernsehen bringt alles in der Tagesschau.

Die Eskimomutter, auch sie in Fell und Leder gekleidet, hatte ihre Fünflinge auf eine Bank gesetzt. Die Kinder gaben keinen Laut von sich, nicht den kleinsten Muckser. Es war, als könnten Eskimokinder weder weinen noch lachen. Nur die kugeligen Brombeeraugen flitzten lebhaft umher.

Als die Mutter sich einmal allzulange mit dem Rechtsaußenfünfling befaßte, gelang es dem Links-außenbruder, von der Bank herabzurutschen und im Gedränge der Fluggäste zu verschwinden. Die Mutter eilte dem Fellknäuel nach und griff es vor einem Schalter mit der Bezeichnung "Zollabfertigung" auf. Die vier anderen nahmen die gute Gelegenheit war, flutschten ebenfalls zur Erde und wieselten in verschiedenen Richtungen davon. Die Bank war leer. Anscheinend ist Grönland nicht der richtige Boden für intelligente Kinder, die vorankommen wollen im Leben. Erstaunlich war, daß die Bübchen nicht im Pulk abhauten, sondern einzeln: War so die Aussicht am größten, dem Rücktransport nach Grönland zu entgehen?

Auch die Mutter verzog keine Miene und stieß nicht den leisesten Klagelaut aus. Ihr mochte ein Flughafengelände längst nicht so gefährlich vorkommen wie eine Eisscholle, die sich losgerissen hat. Wer von uns weiß denn, wie es auf Grönland zugeht? Ihre Jagd nach den Fellknäueln, die mal vor einem Schalter, mal vor einer Glasscheibe endete, verlief völlig stumm. Ungerührt ließen sich die Kerlchen zur Bank zurück tragen, um in derselben Minute, in der die Mutter den Rücken kehrte, das Glück des Entrinnens in eine andere Richtung zu erproben.

Das Publikum ergötzte sich an dem Schauspiel. Die Frauen begannen die Mutter zu bemitleiden, indes die Männer den eigenartigen Fluchttrieb der Kinder bewunderten. Jedes deutsche, französische oder dänische Kind hätte gebrüllt, jedes amerikanische Kind hätte erst recht gebrüllt, aber diese Grönlandfünflinge ließen sich seelenruhig einfangen und versuchten ebenso unbeeindruckt ihr Glück sofort aufs Neue.

Nach einer Weile erschienen zwei hoheitsvolle Ste-wardessen der Scandinavian Airlines System mit den Bordpapieren der Grönlandfamilie. Die Damen kannten sich aus in der Behandlung von Eskimos. Sie klappten ihnen die Kapuzen herunter, benutzten die Kapuze als Griff und schleppten die Kerlchen wie Karnickel zum Flugzeug.

Kein Wort über Weiber

Frauen rechnen damit, daß Männer, wenn sie unter sich sind, kein anderes Thema haben als Weiber. Es ist nicht wahr. Vielleicht kommt es hie und da einmal vor, daß Männer über Weiber reden, aber hier muß es sich um Kerle handeln, die nichts Gescheiteres wissen und aus diesem Grund vom rechten Pfad der Unterhaltung abweichen.

Männer sprechen über wichtigere Dinge als über Weiber. Ich bin in der Lage, diese Behauptung mit stichfesten Angaben zu untermauern. Vor einigen Wochen fingen Arbeiter an, in der Straße, in der ich wohne, ein Haus für sechs Familien zu errichten. Gerüste wurden aufgebaut, Steine abgeladen, Betonmischer angeworfen, Bretter bereit gestellt. Aber das Aufregendste war ein rotes Haus auf Rädern, eine Art Sozialraum, der den Arbeitern bei schlechtem Wetter als Schutzhütte dient.

Sobald es anfing zu regnen, und im Frühjahr regnet es gern und das muß auch sein, stiegen die Arbeiter vom Gerüst herab und verschwanden in ihrem roten Gehäuse, und es regnete auf Teufelkommheraus. Heute frage ich mich, warum ich als Knabe nicht auch auf den Gedanken gekommen bin, Bauhandwerker zu werden. Die Fehlentscheidung meiner Berufswahl liegt vielleicht darin begründet, daß es damals diese fahrbaren roten Häuschen nicht gab, in denen man bei Schmuddelwetter trocken sitzt und Veränderungen abwarten kann. Man sitzt da und trinkt ein Bier und hat es gemütlich.

Eines Tages traf ich den Polier und wurde eingeladen.

"Wenn Sie einen ausgeben", sagte der Polier, "dann sind Sie willkommen. Rein mit Ihnen!" Ich kletterte in das Häuschen und spürte sofort die Wärme, die aus dem Ofen drang. Sie hatten es hier richtig angenehm. Ich steckte dem Polier ein Scheinchen zu und redete ein bißchen mit.

Und um was ging es da? Um Kaninchen ging es, um Autoersatzteile und um gewisse Praktiken beim Ausfüllen der Formulare für die Steuerbehörde. Kein Wort über Weiber. Nicht einmal der Handlanger, der Italiener war und Bonaventura hieß, brachte einen Hauch von Sex ins Gespräch. Im Gegenteil, Bonaventura war derjenige, der nicht aufhören wollte, über Seitenaufprallschutz, 3-Punkt-Gurte und Airbag zu reden, als ob das jemand ausgerechnet von einem Italiener erwartet. Schließlich wurde er lästig mit seinem Gerede über Nebelscheinwerfer und Bremsspurberechnungen, und der Polier schickte ihn fort, um Bier zu holen.

Ich will hier nicht wiederholen, was in dem roten Häuschen über das Ausfüllen der Formulare für die Steuerbehörde gesagt wurde. Man weiß ja, wie einem manchmal Äußerungen in die Schuhe geschoben werden, die man gar nicht gemacht hat. Aber die Kaninchen, Leute, die Kaninchen waren die große Sache. Ein gestandener Mann, der mit Emil angeredet wurde, stellte sich als Vorstandsmitglied des ortsansässigen Kaninchenzuchtvereins von 1925 e. V. heraus, und Emil sagte, daß Kaninchen das einzige wären, auf das man sich verlassen könnte.

"Kaninchen", sagte Emil, "enttäuschen einen nie. Sie bringen einen dazu, sich zu bewegen, weil man immerzu Futter suchen muß. Sonntags hat man einen Braten im Topf, und im Winter ist das Hasenfell gut gegen Kälte und Rheuma".

Zeit für Kleinigkeiten

Der Mann steht eine Zeitlang vor dem Goldfischbecken und schaut den hin und her flitzenden Fischen zu. Vielleicht hat auch er einen Goldfisch gehalten, in einem kugelrunden Glas, irgendwann in seinem Leben, als er noch unverheiratet war und Zeit hatte für Kleinigkeiten.

Jetzt ist die Zeit für Kleinigkeiten wieder angebrochen.

Er ist pensioniert. Er lebt im Ruhestand. Er hat die Arbeit hinter sich. Die Nachbarn sehen ihm an, wie gut es ihm bekommt, frei zu sein vom Zwang. Er ist entlassen aus dem Millionenheer derer, die abends, bevor sie einschlafen, den Wecker auf sechs Uhr stellen müssen.

Der Mann besitzt den Wecker noch, er steht da, aber er wird nicht mehr aufgezogen. Der Mann ist ein Pensionär, ein Rentner, ein Ruheständler, nach dem kein Hahn mehr kräht. Die Arbeitsstatistik hat ihn ausgespien. Er wird jetzt nur noch als Konsument geführt.

Als Verbraucher von Brot, Fleisch, Milch, Tabak, Knöpfen, Rasierklingen, Zeitungspapier und Fernsehprogrammen. Den Rest gibt er für die Wohnung aus und für die Sterbekasse. Er will verhüten, daß seine Frau Schwierigkeiten hat, wenn er stirbt. Vorläufig denkt er nur daran, daß es ihm gut geht. Zum ersten Mal in seinem Leben geht es ihm gut. In Zukunft kann ihn niemand mehr von seinem Arbeitsplatz verweisen oder ihm Vorhaltungen machen irgendeiner Schwäche wegen. Er hat bis zuletzt durchgehalten, bis zu dem Tag, an dem sie ihm sagten: "Du hast es geschafft, Karl." Er saß in einem Sessel, den sie herbeigeschleppt hatten, und hielt einen Strauß Blumen in der Hand, und dann mußte er Korn und Bier ausgeben.

Er weiß jetzt, daß er sich immer gefürchtet hat, entlassen zu werden und ausgestoßen zu sein, obwohl er ein guter Arbeiter war und niemals die Grippe genommen hat. Er sieht in den Augen der Kollegen, die immer noch abhängig sind, die Furcht glimmen wie Feuer, das nicht erlischt. Er empfindet Mitleid, und er schämt sich, daß ihm nichts Schlimmeres auferlegt ist als dies: pünktlich zum Essen daheim zu sein. Heute gibt es Frikadellen und Lauchgemüse.

Der Mann setzt sich auf eine Bank und stützt sich mit beiden Händen auf den Griff seines Spazierstocks. Jaja, er ist nicht mehr ganz sicher auf den Beinen, die Knie sind es, das jahrelange Stehen, und gelegentlich benutzt er den Stock, um eine Zigarettenkippe oder eine Bierdose wegzuschnippen. Er blinzelt in die Sonne. Er lauscht dem Geschilp der Sperlinge. Er blickt einer jungen Frau nach, die Apfelsinen in einem Netz trägt.

Er nimmt Bilder wahr, die ihn in Entzücken versetzen.

Er hat nicht gehofft, daß diese Bilder irgendwann zurückkehren würden. Es sind Bilder, die er als Kind gesehen und die er verloren hat. Das Schnullerchen im Mund eines Säuglings. Die Hoppelei eines Kaninchens auf dem Rasen. Das Spiel des Lichts im Geäst einer Kastanie. Nein, er spürt keinen Haß mehr. Haß ist ihm gleichgültig geworden. Er begreift, daß sie ihm nichts mehr antun können. Die Intrige ist sinnlos geworden.

Die Gemeinheit ist entmachtet. Die Ungerechtigkeit ist abgeschafft. Wenn ihm ein Vorgesetzter hier begegnete, wäre er imstande, den Vorgesetzten anzulächeln. Na, wie geht es Ihnen? Er würde den Ton auf "geht" legen. Er schmeckt die Bosheit in seiner Frage wie ein Bonbon.

"Fünfundsechzig müßte man sein", sagten die Kollegen, als er ging. Diesen Satz hört er oft. Der Satz steht sogar in den Schaufenstern, die für Senioren eingerichtet sind. Er steht in Zeitungsinseraten und in den Prospekten der Reisebüros. Plötzlich fangen sie an, die Fünfundsechzigjährigen zu streicheln. Irgendetwas knirscht im Getriebe. Es ist viel Unruhe da, Mißmut, Angst. Fünfundsechzig müßte man sein.

Er lächelt vor sich hin. Er ist Karl, der Rentner. Eine Amsel macht ihm Spaß, die einen Wurm aus dem Rasen zerrt. Es ist still im Park, bis auf die Glockenschläge der Uhr am Kirchturm. Karl holt ein Buch aus der Tasche und fängt an zu lesen. Das Buch trägt den Titel "Das Vernageln von Knochenbrüchen bei Hunden. Eine Anleitung für Laien."

Karl hat das Buch für fünfzig Pfennige in der Ramschkiste einer Buchhandlung gekauft, an der er täglich vorüber geht. Was die nicht alles machen, denkt Karl. Schau dir das an: sie geben sich damit ab, die gebrochenen Rippen eines Hundes zu vernageln. Der Hund soll nicht sterben. Der Hund soll am Leben bleiben. Der Hund soll es gut haben.

Uber dieses Thema schreiben sie Bücher - für den Ramsch.

Der verratene Liebhaber

Wir erlebten in der vergangenen Woche in unserer Straße diese Geschichte mit Herrn Kruse und Herrn Knecht, über die viel und gern gelacht wurde. Man weiß ja, daß Schadenfreude die reinste Freude ist und daß niemand verwundbarer ist als jener, der nun wirklich gar keinen Humor besitzt. Und Herr Knecht ist ziemlich spröde, ein Mann mit ernster Lebensauffassung, indes wir Herrn Kruse eine gewisse Verschmitztheit nachsehen wollen.

Beide Herren waren frühzeitig Witwer geworden und verzehrten in körperlicher und geistiger Frische ihre Ersparnisse, was schon recht ungewöhnlich ist; denn im allgemeinen halten sich die Damen an das Aufzehren des Vermögens.

Eine Dame ist auch im Spiel, und was für eine Dame. Die unvermählte Angelika Pütz, eine gut anzuschauende Weibsperson Ende der Vierzig. Diese gut anzuschauende Weibsperson war Herrn Knecht ein Dorn im Herzen. Er liebte die Dame sehr, war jedoch nicht kühn genug, sich um ihre Gunst zu bemühen.

Man sagte der schönen Frau Angelika nach, daß sie aus Verehrung für ihren im Krieg gefallenen Verlobten ledig geblieben sei. Nie sei jemand gekommen, der sich als edel genug gezeigt habe, seine Stelle einzunehmen. Frau Angelika wandelte stolz und einsam dahin, von jedermann geachtet und von niemandem gefürchtet. Aber nun wurde sie von Herrn Knecht geliebt, einem Herrn "in gutsituierten Verhältnissen", der selbstbewußt und eitel war, zugegeben sogar ein Prahlhans, jedoch niemals der forscheste oder gar kühnste aller Witwer in unserer Straße, die Eichendorffstraße heißt.

Da war Herr Kruse anders. Er liebte überhaupt nicht, weder die heldenverehrende Angelika noch irgendeine andere. Ihm hatte es aus diesem oder jenem Grunde gereicht. Er war auch nicht eitel, eher schon ein Schlodderkaspar, und er prahlte gelegentlich höchstens seine selbstverfertigten Zigarren. Herr Kruse war in der Tabakindustrie tätig gewesen.

Die Herrn waren miteinander befreundet von Kindesbeinen an. Man traf sich zum Spaziergang, und das bei Wind und Wetter. Man aß gemeinsam, schlenderte Seite an Seite durchs Warenhaus, um hier einen Pfeifenreiniger und dort einen Bleistift einzukaufen, wovon kein Warenhausbesitzer reich wird, und vertraute einander so geringfügige Geheimnisse an wie jenes, daß Herr Knecht sich verliebt hatte.

"In deinem Alter?"

"Jawohl", antwortete Herr Knecht mit Nachdruck.

"Darf ich dich um einen Gefallen bitten, Heinrich? Ich habe einen Brief geschrieben. Ich will ihn nicht der Post übergeben. Sei du mein reitender Bote" --- er lächelte --- "das macht einen besseren Eindruck als ein Poststempel."

"Gemacht", sagte Herr Kruse und steckte den kunstvoll versiegelten Brief in die Tasche. Er hatte den Freund immer schon in Verdacht gehabt, altmodisch zu sein im Umgang mit Frauen.

Herr Kruse mit der ewig brennenden Zigarre gab den Brief an Frau Angelikas Tür ab, Eichendorffstraße 23, dritte Etage rechts, wartete nicht auf Antwort, nahm auch für Herrn Knecht nichts Schriftliches in Empfang, weiter nichts als schönen Dank und schönes Wetter heute, und forderte, nachdem er Angelika gesehen hatte, den Freund ermunternd auf, im Schreiben nicht nachzulassen und an Siegellack nicht zu sparen, auf ihn als reitenden Boten sei Verlaß. "Steck dir eine Zigarre an", sagte er.

Aber Herr Knecht steckte sich keine Zigarre an, er wurde unruhig. Herr Knecht überdachte die Summe seiner Briefe, die schlicht gesagt Liebesbriefe waren und darauf hinzielten, jene Angelika Pütz zu ehelichen unter dem Motto "Geteiltes Alter ist halbes Alter". Es war ein Schlagwort. Herr Knecht beschloß zu handeln. Er ging hin... Plötzlich packte ihn der Mut, oder ahnte er bereits?

Es heißt, daß er nicht ganz bis zum Haus jener Dame gekommen sei. Unterwegs begegnete ihm die Post, die Bundespost, ihr uniformierter Bote, und übergab Herrn Knecht eine Drucksache. Darin hieß es, daß Heinrich Kruse und Angelika Kruse, geborene Pütz, sich die Ehre geben, ihre Vermählung anzuzeigen.

Der von seinem Freund verratene und um eine gut anzuschauende Weibsperson Ende Vierzig geprellte Herr Knecht litt sehr unter seiner Niederlage. Er schickte auch keinen Glückwunsch und war alles in allem wohl doch ein wenig altmodisch mit seinem Siegellack und dem reitenden Boten.

Ein Pferd kommt Ihnen entgegen

Er hatte in der Nacht schlecht geschlafen. Schmerzen im Nacken, im Kreuz und in der Lendengegend hatten ihn in der Wohnung umhergetrieben. Auf welchen Stuhl er sich auch setzte und vor welchem Fenster er stehenblieb, um wenigstens etwas gegen die Schmerzen zu tun, es rief immer nur stärkere Unruhe in ihm hervor. "Du hast einen Hexenschuß", sagte seine Frau, "das hat mit der Wirbelsäulenmuskulatur zu tun. Moment mal." Sie holte das Buch "999 praktische Tips für die Gesundheit" aus der Schublade und belehrte ihn, daß bei Hexenschuß Heublumensäcke auf die schmerzhaften Stellen zu legen seien, und außerdem müsse der Kranke Tee aus Weidenrinde und Birkenblättern trinken, täglich dreimal eine Tasse.

"Das hat meiner Großmutter auch geholfen", sagte sie. Aber die Großmutter war schon vor langer Zeit gestorben, und was an sie erinnerte, waren Lockenwickler und Mottenkugeln. Jedenfalls hatte sie weder Heublumensäcke noch Weidenrinde hinterlassen.

Es war vier Uhr. Draußen wurde es hell, die Vögel sangen in den Gärten, und ein Motorradfahrer stopfte die Zeitung in den Briefkasten. Der Mann setzte sich an den Küchentisch und begann zu lesen. Der Tag fing mit Schmerzen an, für die es nicht einmal einen lateinischen Namen gab, einfach nur Hexenschuß, als sei Hexenschuß überhaupt nicht wert, erwähnt zu werden. Es war das Leiden der Fünfzigjährigen, die Plage der Alten, das Signal für Abnutzung und Hinfälligkeit. Was er in der Zeitung las, war nicht dazu angetan, seine Stimmung zu bessern. Die Zeitung meldete nie etwas Gutes. Immer drängte sich das Schlimme, das Böse, das Negative in die Schlagzeilen. Ein Orkan hatte Menschenleben gefordert. Ein Starfighter war in eine Siedlung gestürzt. Das Institut für angewandte Biologie warnte vor cadmiumverseuchten Möhren und vor Schadstoffen in der Milch.

Der Mann, den über Nacht ein Hexenschuß getroffen hatte, legte die Zeitung beiseite. Ich werde mich krank melden, dachte er, und die Apotheke anrufen, ob sie Heublumensäcke führt. Das Wort erinnerte ihn an Urlaub auf dem Bauernhof und an die schiere Gesundheit, die dort verkauft wurde.

Heu...blumen... sack...

Er stellte den Rundfunk an, um die Frühnachrichten zu hören. Beim ersten Ton des Zeitzeichens war es sechs Uhr. In China hatte Hochwasser eine halbe Million Menschen obdachlos gemacht. In der dritten Welt starb alle zwei Sekunden ein Kind an Unterernährung. Für die Rüstung wurden weltweit pro Tag 1,9 Milliarden Dollar ausgegeben. Beim Wettbewerb um den Titel der schönsten Frau der Welt hatte Miß Germany nur bis zum Viertelfinale mitgehalten.

Nach den Nachrichten meldete sich das Verkehrsstudio: "Autobahn 1 Bremen - Hamburg. Zwischen Sittensen-Ostetal und Hollenstedt kommt Ihnen ein Pferd entgegen." Die Meldung sagte nichts darüber aus, ob es sich um einen Hengst, eine Stute oder ein Fohlen handelte. Auch erfuhr er nicht, ob das Pferd schwarz, braun oder weiß war.

Der Mann hätte gern mehr über das Pferd gehört. In seiner Fantasie sah er einen Apfelschimmel aus arabischem Geblüt mit donnernden Hufen und steil gerecktem Schweif dahinstürmen auf dieser doch irgendwie geheiligten Piste. Er freute sich, und es tat ihm wohl, daß ein Pferd sich aufgemacht hatte, um über die Autobahn zu galoppieren, gegen den Strich, gegen das Gesetz, gegen die Straßenverkehrsordnung.

Diese Meldung, überlegte der Mann, wird Personen mit dem Sinn für Abstraktes vom Stuhl reißen. Aussteiger werden sich bestätigt sehen. Grüne werden zum Frühstück eine Flasche Beerenwein aufmachen. Das Pferd, aus welchem Stall auch immer, welcher Peitsche entfleucht, welcher Deichsel entkommen, es stellte in diesem Vorgang die Unschuld auf vier Beinen dar. Es war ein Pferd und kein Auto, es folgte dem Ruf der Natur, und eigentlich wollte es auch garnicht auf die Autobahn, sondern auf die grüne Weide zu den anderen Pferden, aber irgendwie war es dann passiert.

Ein Pferd kommt Ihnen entgegen, ein Lotteriegewinn, eine Erbschaft aus Amerika, eine Rückzahlung vom Finanzamt... Es lag nahe, in dieser Weise fortzufahren und Dinge aufzuzählen, von denen man hoffte, daß sie einem entgegenkommen würden. Also gab es zuweilen doch ein Ereignis, frohlockte der Mann, das den Kreislauf ständigen Unglücks unterbrach und geeignet war, selbst jenes Ungemach zu mildern, das durch einen Zustand hervorgerufen wurde, für den es nicht einmal einen lateinischen Namen gab.

Abend mit Gummibärchen

Zuerst hatte Frau Hasekamp Nein sagen wollen, weil sie glaubte, sie und ihr Mann seien inzwischen zu alt geworden, um auf Kinder aufzupassen, auch wenn es sich nur um einen Abend handelte. Die Welt hatte sich verändert, daran mußte man denken. Aber dann hatte sie eingewilligt, sie war schwach geworden, und an dem Tag, an dem die Severings verreisen mußten, hatte sie sich aufgemacht, um Haus und Kinder zu übernehmen. Linda war vier Jahre und Katrin zwei Jahre alt, und alles in allem würde es Mitternacht werden, bevor die Severings zurück sein konnten.

Die Kinder kannten sie ja, die waren sowas von süß, wie Frau Severing zu sagen pflegte. Beide saßen brav vor ihren Kindertischen und malten Autos und Häuser und Wau-waus. Wau-waus waren Hunde. Gack-gacks waren Enten.

Frau Severding hatte auf einem Zettel hinterlassen, was Linda an liebsten aß und womit man Katrin am ehesten kommen konnte. Linda mochte Pommes frites, Katrin war mehr für Spaghetti, und beides mit Ketchup. Für die Kinder war eine Liste von Speisen aufgestellt worden, die "eventuell" in Frage kamen. Weißkohl und Wirsing kamen nicht in Frage, Blumenkohl und Spargelspitzen könnte man versuchen.

"Sag mal, Karl", flüsterte Frau Hasekamp ahnungsvoll, "was heißt 'eventuell'? Am Ende mögen die weder das eine noch das andere?"

Karl Hasekamp zuckte mit den Schultern, auf denen vierzig schwere Jahre als Lokomotivführer lagen. Er setzte die Brille auf und las fassungslos die Liste der "eventuellen" Speisen. "Ananas mit Schlagsahne", las er vor, "aber jedes Kind nur zwei Ringe, sonst bekommen sie Sodbrennen. Ein Mittel gegen Sodbrennen steht im Apothekerschränkchen im Bad".

Frau Hasekamp tat ihr Bestes, und das hatte sie sich auch vorgenommen, komme was da kommen mag. Sie brachte Pommes frites und Spaghetti auf den Tisch und ließ Ketchup fließen.

Aber was sie geahnt hatte, geschah: Beide Speisen wurden nicht angerührt.

"Kinder, ihr müßt doch etwas essen", flehte Frau Hasekamp. "Versuch's mal mit Rahmspinat, den haben wir doch immer an deinem Geburtstag gehabt", schlug Karl vor, der zeitlebens auf seiner Lokomotive aus dem Einmachglas gegessen hatte. Sie versuchte es, aber Rahmspinat mit Setzei wurde so entschieden abgelehnt wie in Butter geschmorte Möhrchen mit Kalbfleisch.

"Was darf es denn sein?" wandte sich Frau Hasekamp an Linda, die immerhin schon aus den Pampers heraus war.

"Bärchen", antwortete Linda mit der Miene einer beleidigten Diva und zeigte in der Vorratskammer den Platz, wo die Dose mit den Bärchen stand.

Bärchen, das hatten die Hasekamps nicht gewußt, waren Bonbons, die etwas mit Gummi zu tun hatten, aber seit wann, zum Teufel, ernähren sich die Menschen von Gummi?

Na schön, sie gaben ihnen also dieses klebrig süße Gummizeugs, jedes Kind bekam ein Händchen voll, und beide fingen zufrieden an zu kauen und malten weitere

Wau-waus und Gack-gacks und Piep-pieps oder was.

Gegen Abend, als nach Meinung von Frau Hasekamp die Kinder bereits halb verhungert sein mußten, kam ihr Mann auf den Einfall, "Kaiser, König, Schweinemajor und Bettelmann" zu spielen. Sie setzten sich gemeinsam mit den Kindern vor die mit Rahmspinat gefüllten Teller und legten auf Kommando los.

"Wer zuerst den Teller leer hat, ist Kaiser", verkündete Karl Hasekamp, dieser Bahnemann, der vom Wohlleben keine Ahnung hatte.

Denkste, weder wollte Linda Kaiser sein, noch dachte Katrin daran, König zu werden. Beide Mädchen besaßen offensichtlich überhaupt keinen Ehrgeiz --- und wie wollten sie da später weiterkommen? Auch die Nummer, die Karl Hasekamp abzog, indem er Rahmspinat verschlang und zwei Setzeier schmatzte und "Ei, wie lecker!" rief und sich den Bauch streichelte, entlockte den Mädchen nur ein müdes Lächeln.

"Bärchen", wiederholten sie, und als die Dose leer war, verlangten sie Katjes, und das war Lakritz oder was, und Karl Hasekamp sagte: "Das kommt alles bloß vom Fernsehen. Die werden verhungern mit ihren

Bärchen und Katjes. Was ich dir sage, Erna."

Frau Erna Hasekamp kam sich an diesem Abend nicht vor wie eine Frau und Mutter, die vier Kinder großgezogen und ihrem Mann jeden Tag ein Eintopfgericht mitgegeben hat. Nein, sie war den Tränen nah, sie glaubte, versagt zu haben. "Ich hab's gewußt", schluchzte sie, "die Welt hat sich verändert."

Einen letzten Versuch, Nahrung in diese Kinder hineinzukriegen, unternahmen sie mit der Methode: "Ein Löffelchen für den Papi, ein Löffelchen für die Mami, ein Löffelchen für den Wau-wau", aber auch dieses Spiel mißlang. Sie konnten jetzt nur noch hoffen, daß die süßen Kleinen mit Gummi im Bauch überleben würden und wenigstens noch atmeten, wenn die Eltern um Mitternacht an die Bettchen stürmten.

"Weißt du was", fragte Karl Hasekamp am nächsten Morgen, als sie's überstanden hatten, "weißt du, was gestern für ein Tag war? Es war der Tag, an dem... aber ich werde dir das vorlesen", beschloß er, indem er die Brille aufsetzte und die Zeitung an seine kurzsichtigen Augen hob. "Rom", laß Herr Hasekamp, "die Ernährungs-und Landwirtschaftsorganisation der Vereinten Nationen hat gestern in ihrem Monatsbericht zur Welternährungslage bekannt gegeben, daß in den armen Regionen 500 Millionen Menschen hungern und daß jedes dritte Kind an Unterernährung stirbt, bevor es fünf Jahre alt werden kann."

Erna Hasekamp seufzte, und Karl Hasekamp setzte die Brille ab und legte die Zeitung beiseite wie etwas, das man besser nicht liest.

Jim mit der Mundharmonika

Wir lernten Jim in Pauls Kaffeehaus am Markt kennen. Es war das Lokal, in dem der Besitzer bis gegen achtzehn Uhr Apfelstrudel herstellte, und ab zwanzig Uhr machte er auf einer elektrisch verstärkten Zither Stimmung. Pauls Kaffeehaus am Markt war jeden Abend proppenvoll. Die Kellnerinnen schenkten Weißwein aus, den Paul aus irgendeinem Grund "Prälatenwein" nannte. Es war die Sorte Wein, die man zu dieser Sorte von Musik trinken mußte. Ich meine das im Ernst. Die Kellnerinnen trugen Dirndlkleider mit Silberschmuck, den sie von ihren Großmüttern geerbt hatten, und sie hüpften immer ein bißchen nach der Musik, die der Chef draufhatte.

An unserem Tisch waren zwei Stühle frei geworden, und Jim und ein Mädchen nahmen Platz. Es war vom ersten Augenblick an etwas vorhanden, das wir später als Sympathie bezeichneten. Sympathie ist ein Wort für das Gefühl, daß man sich leiden mag.

Jim war ein Farbiger, ein milchschokoladener Typ mit fast blauschwarzem Haar, etwa fünfunddreißig Jahre alt, und das stimmte auch, und das Mädchen war so weiß, als hätte sie nie einen Strahl Sonne abbekommen. Was uns an Jim auffiel, war eine Wunde an der rechten Hand, und er gab zu, daß es eine Brandverletzung war. Später erfuhren wir, daß er an jenem Tag ein Kind aus einem brennenden Bauernhaus herausgeholt hatte.

Jim war Angestellter bei einer amerikanischen Einheit, die hier in Garnison lag, eine Art Rechnungsführer oder was, und zuerst wußten wir nicht, was das war. Aber Jim war derjenige, der das Baby aus dem brennenden Haus gerettet hatte, indes die Feuerwehrleute die Schläuche aufrollten und die Motoren in Gang setzten.

"Jim ist so", sagte das Mädchen, als Jim zur Theke gegangen war, um Zigaretten zu holen, "er ist überall der erste, wo etwas zu retten oder zu heilen oder in Ordnung zu bringen ist. Jim ist besessen von der Idee, daß die Leute sich gegenseitig unterstützen müssen."

Wir trafen uns an jedem Abend in Pauls Kaffeehaus am Markt, und mit der Zeit erfuhren wir von Brigitte, daß Jim ein Waisenkind war und in einem Heim in London gelebt hatte. Als Jim vier Jahre alt war, wurde sein Vater über Deutschland abgeschossen, er war Bordschütze in einem Kampfflugzeug, und ein paar Tage später wurde Jims Mutter bei einem deutschen Fliegerangriff getötet. Jim und sein Bruder, der fast noch ein Baby war, überlebten den Angriff im Luftschutzkeller, und noch in derselben Nacht wurden sie im Waisenhaus untergebracht.

Der Vorsteher im Waisenhaus kannte nicht einmal die Namen der beiden Knaben. Später, als Jim einen Paß brauchte, gab irgendein Beamter, der vermutlich ein

Witzbold war, Jim den Familiennamen Bentley und trug irgendein Datum als Geburtstag ein. Ein gewisser Bentley war Autokönig in England und rechnete zu den Millionären, das sollte der Witz an der Sache sein.

"Er kann sich an seine Eltern nicht erinnern", sagte Brigitte. "Er weiß nicht, wie sie ausgesehen haben. Der Vater war Engländer. Aber die Mutter mag eine Brasilianerin oder Puertoricanerin gewesen sein. Jedenfalls war sie dunkel. Jim hatte keine Verwandten in England. Seine Heimat drüben ist immer noch das Waisenhaus, in dem er großgeworden ist."

Jim selbst sprach nie über sein Leben. Er war glücklich, daß er davongekommen und bei den Amerikanern angestellt war und daß es dieses Kaffeehaus gab, in dem

wir Zithermusik hören und Prälatenwein trinken konnten, und vielleicht würden er und Brigitte eines Tages heiraten und in das Londoner Waisenhaus zurückkehren, um für die vielen kleinen Jungen, die dort lebten, das Essen einzukaufen.

Manchmal sang Jim, er sang in Pauls Kaffeehaus am Markt, und es waren die Lieder, die Louis Armstrong gesungen hatte. Wenn wir die Augen schlossen, dachten wir, da steht Armstrong. Jims Stimme knarrte wie Eisenkufen in einem Kiesbeet. Jim parodierte natürlich nur. Es war seine Masche, Armstrong nachzumachen, und die Leute waren alle miteinander begeistert. Aber Jim war nicht Armstrong, Jim war Jim, und er war auch nicht der Sohn vom alten Bentley.

Seinen großartigsten Auftritt hatte Jim, wenn er die Mundharmonika aus der Tasche zog und in der Hand ausklopfte, wie das die Harmonikaspieler tun. Dann fingen einige Mädchen im voraus an zu weinen, und ihre Tränen machten an diesem Abend alles fröhlich und traurig zugleich, so daß wir uns überhaupt nicht mehr auskannten.

Aber so waren diese Abende mit Jim.

Huldigung für eine Seejungfer

In einer Mittagsstunde, die schon von Sonne und Vogelstimmen erfüllt war, entdeckten Kinder an einer Hecke ein merkwürdiges Insekt. "Da ist ein wildes Tier", riefen sie. Die Kinder hatten noch nie eine Libelle gesehen, und sie wußten überhaupt nicht, daß es Libellen gibt.

Eine Dame, die Lehrerin gewesen war und heute im Seniorenheim lebt, erklärte den Kindern, daß es eine Gemeine Seejungfer sei, ihr wissenschaftlicher Name sei Calopteryx Virgo, und sie könne wie ein Hubschrauber in der Luft stehenbleiben und vorwärts und rückwärts fliegen. "Die Forscher", sagte die Lehrerin, "kennen dreitausendfünfhundert Arten von Libellen, und jede hat einen lateinischen Namen."

Da stand die Lehrerin mit der Brille auf der Nase und dem Dutt im Nacken und sang den Kindern mit ihrer piepsigen Altfrauenstimme ein Liedchen vor, das sie früher mit den Schulkindern gesungen hatte: "Froh wie die Libell am Teich... " Und die Kinder sangen mit. Es war eine Huldigung.

Die blau schimmernde Gemeine Seejungfer klammerte sich an ein Zweiglein in der Hecke und zitterte mit den hauchzarten Flügeln, und sie wußte offenbar nicht, wohin sie rückwärts fliegen sollte. "Der Wind hat sie verweht", sagte die Lehrerin.

Zwei Autos hielten an, und die Leute stiegen aus, um zu fragen, was hier los sei. "Eine Libelle? Eine Seejungfer?

Eine was..."

"Eine Calopteryx Virgo", antwortete die Lehrerin, der es Spaß machte, über Libellen Bescheid zu wissen. "Die Libelle gehört zu den Odonaten", fügte sie hinzu.

Ringsum breitete sich Stille aus. Die Menschen spürten, daß es jenseits ihrer Autos, Farbfernseher und Computer anderes gibt, zum Beispiel etwas so Kostbares wie diese Libelle, die den morgigen Tag kaum erleben würde.

Ein Mädchen lief davon, um den Eltern zu sagen, daß es eine

Seejungfer zu sehen gäbe, und Fräulein Nußbaumer, die Lehrerin mit der Brille auf der Nase

und dem Dutt im Nacken, hätte gesagt, es gäbe auf der Welt dreitausendfünfhundert Arten von Libellen, und alle hätten einen lateinischen Namen. "Etwas wie Virgo", sagte sie.

Ab und zu brennt es in unserer Stadt. Eine Gasleitung explodiert und Häuser fliegen in die Luft. Autos krachen aufeinander. Eine Bank wird überfallen. Ein Juwelier wird ausgeraubt. Drogen werden beschlagnahmt und Drogenhändler festgenommen. Im Park wird die Leiche eines Bettlers gefunden und in der Mülltonne ein neugeborenes Mädchen. Unterschlagungen kommen ans Licht. Die Zahl der Konkurse steigt. In den Kneipen gehen Kroaten, Türken, Rumänen, Polen, Serben, Albaner - und wer noch - mit Messer und Pistolen aufeinander los. Juhnke trinkt wieder. Rinderwahnsinn und Schweinepest, und im Frühstücksei jubelieren die Salmonellen.

Dies alles steht in der Zeitung, tönt aus dem Radio und flackert über den Bildschirm. Wir hören es und wir hören es nicht. Es sind Nachrichten, die sich Tag um Tag wiederholen. Aber die blau schillernde Gemeine Seejungfer, die in der Luft stehen bleiben und vorwärts und rückwärts fliegen kann? Welch eine Botschaft, welch eine Neuigkeit, welch ein Wunder. Wie sagte doch die Lehrerin? Es gibt dreitausendfünfhundert Arten von Libellen, und jede Art hat einen eigenen Namen. Etwas wie Virgo, sagte das kleine Mädchen.

Und abends im Seniorenheim erzählt die Lehrerin ihren Mitbewohnern: "Die Kinder haben sich sehr für die Libelle interessiert. Sie wollten irgendetwas tun, um sie zu retten. Aber dann starb sie wohl, die kleine Seejungfer. Niemand konnte es verhindern. Die Kinder waren traurig, und die Erwachsenen zeigten sich bedrückt, als hätte Gott ihnen eine Lehre erteilt, und das hat er ja wohl auch."

Schwierigkeiten mit Frau Matulla

Die Schwierigkeiten, die wir mit Frau Matulla haben, begannen damit, daß Edith Matulla meiner Frau zum Geburtstag ein Sofakissen schenkte. Sie brachte das Kissen mit und legte es in die rechte Ecke des Sofas. Frau Matulla ist die Hilfe, die einmal in der Woche zu uns kommt und die Wohnung in Ordnung bringt. Wenn wir verreist sind, leert Frau Matulla täglich den Briefkasten und begießt die Balkonblumen.

Das Kissen steckte in einer durchsichtigen Plastikhülle, und das Geschenk wurde meiner Frau mit dem Wunsch überreicht, es möge ihr viel Freude bereiten. Seit jenem Tag besitzen wir also dieses Kissen, das uns Freude bereitet, aber auch in Spannung hält.

Ein Kissen, auf welches man den müden Kopf betten kann, wäre gewiss nützlich gewesen und dankbar entgegengenommen worden, aber diesem Matulla-Kissen mangelte der Nutzeffekt insofern, als es hart und geradezu kratzbürstig war. Dieses Kissen war nämlich gar kein Kissen, sondern ein Kunstgegenstand.

Beide Platten des Kissens waren in einer sehr merk-würdigen Technik mit Gemälden geschmückt. Die vordere Platte zeigte eine Landschaft mit Windmühle, und die Rückseite war mit gelben und roten Tulpen bedeckt, aber zweifellos kam es bei dem Kunstwerk auf die Windmühle an. Wir erinnerten uns, daß wir ähnliche Kissen in Holland gesehen hatten.

Wir haben nichts gegen Holländisches, im Gegenteil, wir essen holländischen Käse und trinken holländische Schokolade, und wenn wir dorthin fahren, kaufen wir eine Flasche Genever, die uns darüber hinwegtrösten soll, daß in der Welt nicht alles zum Besten bestellt ist. Aber deshalb darf man uns doch nicht zwingen wollen, mit einer Windmühle zusammen zu leben.

Aus weicher Wolle gestrickt oder geknüpft oder gehäkelt, hätten wir das Kissen hingenommen, aber das Widernatürliche daran war, daß die Gemälde aus aufgespritztem Glimmer bestanden, und diesen Glimmer durfte man weder mit der Hand noch mit der Wange berühren. Die Folge unbesonnenen Berührens wäre unweigerlich die Zerstörung gewesen. Der Glimmer hätte angefangen zu krümeln, und die Kunst wäre im Eimer gewesen. Das Kissen war ein Kissen, das seinen Zweck erfüllte, indem es eben nur schön war und dem Raum einen künstlerischen Höhepunkt verschaffte.

Mit der Zeit stellte es sich heraus, daß Herr Matulla, der Ehemann der kunstsinnigen Edith Matulla, das Kissen auf dem Jahrmarkt gewonnen hatte, und genaugenommen war es ein Pferdemarkt gewesen.

"Mein Mann hat eine glückliche Hand", hieß es. Wenn Frau Matulla dabei war, den Staub aus unserer Wohnung abzusaugen, kam Herr Matulla abends vorbei, um sie abzuholen. Bei einer dieser Gelegenheiten kam er damit heraus, daß er derjenige war, der auf den Jahrmärkten die ersten Preise gewann und die Schausteller ruinierte.

Stanislav Matulla hatte seine angeborene Begabung, Holzringe um Sektflaschen zu werfen und mit der Luftbüchse die kleinen weißen Tonpfeifen zu zerschmettern, zur Meisterschaft entwickelt. Er war als Experte bekannt. Und gelegentlich war der Lohn für fünfzig exakt gelandete Treffer dieses Sofakissen mit Windmühlenmotiv.

Schön und gut, aber wie sollte es nun weitergehen? Edith Matulla war eine tüchtige und zuverlässige Stütze, sie ging zur Kirche und alles, und wir wollten sie nicht verletzen. Kunst hin, Kunst her --- wir mußten mit diesem Kissen leben und ständig darauf achten, daß es nicht als Sitzunterlage mißbraucht wurde. Außerdem mußten wir zugeben, daß Edith Matulla eine gute Seele war, und es war eine kaschubische Seele, die ja besonders edel ist. "Wir Kaschuben", sagten die Matullas bei jeder Gelegenheit, und mit ihrer kaschubischen Seele mußte es zusammenhängen, daß sie uns dieses Windmühlenglimmersofakissen geschenkt hatten.

Meine Frau und ich waren berufstätig. Wir gingen um sieben Uhr aus dem Haus und kamen gegen achtzehn Uhr zurück. Edith Matulla besaß einen Schlüssel zur Wohnung, und wenn sie das Wohnzimmer betrat, kontrollierte sie zuerst das Sofa, auf dem das Kissen mit der Windmühle zu liegen hatte. Sie hatte dann noch den Mantel an und das Kopftuch umgebunden, und wehe, das Kissen lag nicht an seinem Platz. Dann war sie beleidigt und zeigte uns, was es kostet, ein Geschenk zu mißachten. Sie suchte das Kissen, fand es in der Truhe im Flur und legte es auf den von ihr erwählten Platz. Da hast du!

Meine Frau fing an, unter der Vorstellung zu leiden, sie könnte wieder einmal vergessen haben, das Kissen aus der Truhe zu holen und in die Sofaecke zu betten. Im Büro wurde sie immer häufiger von Angst erfaßt: "Um des Himmels willen, das Kissen!" Sie rief ein Taxi an, sprang hinein und verlangte, daß es bei Rot über die Kreuzung fahren sollte. Sie hetzte die Treppen hoch, verlor unterwegs Handtasche und Schuhe, stürzte in die Wohnung und schleuderte das widerwärtige Kissen in die rechte Sofaecke, bevor es zu spät und Edith Matullas Seele verletzt war.

Das waren die Schwierigkeiten, mit denen wir zu tun hatten. Das Sofakissen der Matullas geriet uns zur Tortur und in gewisser Weise sogar zu materiellem Schaden, weil die Uhr im Taxi weiterlief. Wenn wir Frau Matulla behalten wollten, mußten wir ihr Geschenk ehren. Die Kraft dazu gab uns eine tadellos aufgeräumte Wohnung.

Eine Warnung sei hier erlaubt. Er, Stanislav Matulla, geht immer noch auf Märkte. Er hat eine glückliche Hand, und er gewinnt nicht nur Sektflaschen und Gipshundchen. Ich halte es für möglich, daß er weitere Bekannte seiner Frau mit Windmühlenglimmersofakissen beglückt. Er ist einssiebzig groß, trägt einen grauen Schnurrbart, hat listige kleine Augen und verbrüdert sich gern.

Mein Freund, der Millionär

Gestern traf ich auf einer Sitzung der Industrie-und Handelskammer in B. meinen Schulfreund Arnold.

"Wie lange haben wir uns nicht gesehen?" fragte ich. Die Sitzung war soeben zu Ende gegangen. Die Herren verabschiedeten sich voneinander. Ein Mädchen sammelte die Aschenbecher ein. Nur Arnold blieb am großen Tisch sitzen.

"Nimm Platz", sagte er, "ich warte auf meinen Rollstuhl. Arthritis. Willst du etwas trinken?" Er deutete auf eine Flasche Mineralwasser.

"Tut mir leid, Arnold", sagte ich.

"Lassen wir das", erwiderte er, "wir waren dabei festzustellen, wann wir uns zuletzt gesehen haben. Es ist dreißig Jahre her, mein Lieber. Und wie geht es dir?"

"Ich schlucke Tinte und schlafe auf Zeitungspapier. Hat den Vorteil, daß man schlank bleibt."

"Du bist immer noch der alte Spötter", meinte Arnold, "du hast nie etwas ernst genommen. Beneidenswert. Ich freue mich, daß es dich noch gibt. Besuch' mich mal."

Ich besuchte ihn. Wir hatten uns eine Menge zu erzählen. Arnold war in den dreißig Jahren, in denen wir uns nicht gesehen hatten, Millionär geworden. Das Glück hatte sich an seine Fersen geheftet, und die Arthritis hatte das auch getan.

Arnold konnte keinen Schritt tun ohne Stütze. Stets waren Diener, Fahrer und Rollstuhl in seiner Nähe. Das Haus, das er sich in der schönsten Gegend der Stadt erbaut hatte, war das kostbarste Besitztum, das ich je erblickt hatte, und ich sehe mir gelegentlich sogar Filme aus Hollywood an. Verheiratet? Ja. Kinder? Keine.

"Trinken Sie ein Gläschen Apfelsaft mit uns?" fragte Arnolds Frau. "Mein Mann und ich dürfen weder Tee noch Kaffee trinken. Auch Alkohol ist in diesem Hause verboten. Ich hoffe, es macht Ihnen nichts aus."

Wir nahmen ein winziges Schlückchen Apfelsaft zu uns. "Darf ich rauchen, gnädige Frau", fragte ich. Arnolds Frau wurde verlegen. "Es wäre mir lieb", antwortete sie, "wenn sie es nicht tun würden. Ich bin allergisch gegen Rauch, und Arnolds Bronchien könnten gereitzt werden, er ist so anfällig."

Arnold sagte nichts. Wir tranken unseren Apfelsaft, und Arnolds Frau sagte: "Im Schwimmbecken sind Algen, Kanaille ist eingegangen und Herr Pfeffer hat gekündigt."

"Wer ist Pfeffer?" fragte Arnold.

"Herr Pfeffer ist unser dritter Gärtner, weißt du, den ich für den Bauerngarten angestellt habe."

"Und wer ist Kanaille?"

"Die Schimmelstute. Es war deine Idee, Reitpferde zu halten."

"Und deine Idee ist es, eine Bauchspeicheldrüse zu haben." Arnold wurde unruhig. "Ich möchte mit meinem Freund ein Glas Wein trinken, und zwar sofort."

"In deinem Haus gibt es keinen Wein", sagte sie, "dein Magen verträgt die Säure nicht. Wie wär's mit Hagebuttentee ?"

"Zum Teufel mit deinem Hagebuttentee", sagte Arnold, "komm, mein Junge, wir fahren in die Stadt". Arnold versuchte aufzustehen, aber es gelang ihm nicht.

"Helfen Sie ihm", wandte sich Frau Arnold an mich.

"Sie hören doch, er will ausgehen. Übrigens da fällt mir ein: Wenn Sie zum Abendessen bleiben wollen, muß ich das Mädchen zum Kaufmann schicken. Was darf ich Ihnen anbieten? Mein Mann und ich sind auf strenge Diät gesetzt. Meine Bauchspeicheldrüse..."

"Danke für den schönen Nachmittag", sagte ich, "es war reizend mit Ihnen, gnädige Frau, leider muß ich jetzt gehen, ich habe noch eine Verabredung. Alles Gute, Arnold."

"Ich verstehe", sagte er.

Ich sah ihm an, daß er bereit war, für einen Abend unter Männern eine seiner Millionen auf den Tisch zu blättern. Aber was jedem seiner Angestellten erlaubt war, das war ihm, dem Chef, dem Millionär, dem Herrn über Lohntüten und Gehälter, untersagt. Was hast du von deinem Erfolg, dachte ich.

"Wie bitte?", fragte die Frau, als hätte sie meine Gedanken erraten.

An einem Sonntagabend

Wie jede Stadt, die etwas auf sich hält, haben auch wir eine Fußgängerzone. Es ist eine mit Blumenrabatten, Wasserspielen und Schauvitrinen bestückte Straße, an der sich zu beiden Seiten Arkaden hinziehen. Das Publikum, das sehr verehrte, findet hier Geschäfte von erlesener Eleganz und einer fast unüberschaubaren Auswahl an Luxusgegenständen und Delikatessen.

In dieser Straße nun, die sich so unbekümmert darstellt, stand an einem Sonntagabend ein Mensch, der hier nicht hingehörte. Der Mann, dessen Alter infolge seiner wallenden Behaarung und der geröteten Augen schwer zu bestimmen war, stand da, in Lumpen gekleidet, und zwar so abenteuerlich, daß nicht einmal das Theater imstande sein würde, diese Rolle zu erfinden.

Er stand zwischen den Säulen einer Arkade, der Auslage eines Juweliergeschäfts gegenüber, und tat nichts. Er rührte sich nicht, er blickte nicht umher und bewegte nicht einmal die Hände. Er erweckte den Eindruck eines Menschen, der taub, stumm und völlig verwirrt ist. Dieser Mann war hier ein Ärgernis, und doch bedurfte es keiner Frage um zu wissen, daß auch er als Kind einer Mutter zur Welt gekommen war.

Wir Spaziergänger wichen ihm aus, verstummten, blickten scheu zurück, beschleunigten den Schritt und fragten einander, ob diese Gestalt ein Mensch sei. Der Mann trug, und das hob ihn noch erschreckender von der prächtigen Umgebung ab, einen Sack auf dem Rücken, in dem sich eine Matratze befinden konnte. War er derjenige, der sein Bett genommen hatte und davongegangen war? Hatten wir es mit einem Mitbürger zu tun, der kein Bruder mehr sein wollte, kein Genosse? Wollte er nicht länger mehr Arbeitnehmer sein mit dem Anspruch auf Ruhegeld und auf die Leistungen der Krankenkasse?

Wir erinnerten uns an einen Vorfall, der sich vor Jahren in unserer Stadt ereignet hat. Ein Mann hatte sich im Wald eingegraben und dort versteckt gehalten. Dann hatte er bei einem Einbruch einen Polizisten getötet. An diesen Mann dachten wir und fürchteten uns. Was bringt einen Mann dazu, sich auszugliedern, abzusetzen, auszusteigen - oder was auch immer?

Da kam etwas auf uns zu, das uns beunruhigte, in dieser Stadt und in dieser Prachtstraße, hier im vorweihnachtlichen Glanz der Schaufenster, Straßenlaternen und Leuchtreklamen. Mitleid regte sich, und wir hätten gerne gewußt, was zu tun war, um dem Mann zu helfen. Aber wie konnten wir das, wo dieser Mensch doch offensichtlich kein Bettler war, sondern jemand, der alles ringsumher verachtete.

Freilich tat niemand etwas, niemand griff in die Tasche, niemand sammelte in den Hut, niemand salbte Pennbruders Wunden mit dem Öl der Barmherzigkeit, und im Laufe des Abends, der ein Sonntagabend war mit Glockengeläut und dem verhuschten Klang der Orgel, setzten sich die Verfechter der Ordnung durch. Die Polizei kam und schob den Penner, den Obdachlosen, den Nichtseßhaften mit Stöcken in einen vergitterten Transportwagen, dessen Farbe grün war. Anderen Tags erwarteten wir, daß in der Zeitung eine Notiz stehen würde über eine Person männlichen Geschlechts, die vereinnahmt worden war und deren Papiere überprüft wurden. Aber die Zeitung brachte keine Zeile über diesen Vorfall, der wohl auch nicht wichtig genug war, um erwähnt zu werden.

Ein Denkmal für Tante Frieda

In der neuen Ausgabe des Statistischen Jahrbuchs wird mitgeteilt, daß es zur Zeit mehr Witwen gibt als Witwer. Daraus ist zu ersehen, daß Männer strapaziöser und wohl auch gefährlicher leben als Frauen. Wie oft werden Männer in verantwortungsvollen Stellungen beim Telefonieren vom Herzinfarkt oder auf dem Wege zu einer Aufsichtsratssitzung vom Unfalltod dahingerafft.

Es mangelt an Männern. Witwen gibt es genug, und das ist in volkswirtschaftlicher Hinsicht ein bemerkenswerter Aktivposten; denn Witwen machen sich gerne nützlich. Selbstverständlich sind sie auch zu Lebzeiten ihrer Männer nützlich gewesen, jedoch in beschränkter Weise. Erst wenn sie Witwen geworden sind, kommt ihre Arbeitskraft der Verwandtschaft und der Allgemeinheit zugute.

So setzen sich Witwen mit Vorliebe für ein sauberes Leben ihrer Nachbarn ein, indem sie erbauliche Schriften verteilen und Spenden für wohltätige Unternehmungen sammeln. Oder sie sorgen dafür, daß Mütter, die den Witwenstand noch nicht erreicht haben, in ein Erholungsheim verschickt werden. Mit Bedacht und Vergnügen unterstützen sie auch das Konditorengewerbe. Man trifft sich bei Kaffeekanne und Kuchen und spricht miteinander. "Haben Sie schon gehört, was der alten Frau Balkenhusen-Schmörgelberg passiert ist? Ein Räuber hat ihr vor der Bank die Handtasche entrissen. Achthundert Mark! Die Welt wird von Tag zu Tag schlechter."

Ach ja, die Damen haben Zeit, und von dieser Zeit geben sie uns umtriebigen Mitmenschen etwas ab. Ich zum Beispiel, wenn ich das erwähnen darf, wäre ohne Witwe nie in der Lage gewesen, Urlaub zu machen. Ohne Tante Frieda, eine Schwester meiner Mutter, deren Mann nach einem Schlaganfall starb, hätte ich jemals weder den Königssee bei Berchtesgaden noch den Markusplatz in Venedig gesehen. Tante Frieda kommt und übernimmt die Alpenveilchen auf der Fensterbank, die Töpfe in der Küche und die drei Kinder, die morgens zur Schule müssen und abends die Füße waschen sollen. Tante Frieda kennt dies alles aus dem Effeff. Sie war selbst einmal Hausfrau und Mutter.

Witwen sind selbstlos. Ihre Autorität ist unantastbar. Sie kennen den Anfang und das Ende vom Lied. Sie haben das eheliche Getümmel überstanden und leben in Rente. Der Idealfall ist eine Witwe, die zugleich Oma ist. Bei der Großmutter ist richtig zu erleben, wie christliche Nächstenliebe und Sippenbewußtsein Früchte tragen. "Man muß Witwen zu nehmen wissen", sagen die Leute.

Bei Regenwetter sitzt Tante Frieda im Kinderzimmer hinter der Nähmaschine. Sie trennt Nähte auf, stopft Socken und näht Knöpfe an. Bei Sonnenschein stellen wir ihr einen Stuhl auf den Balkon, und dann darf sie in der Zeitung den Roman lesen, bis es wieder anfängt zu regnen.

Tante Frieda hegt weder Wunsch noch Widerspruch im Herzen, und sie tut alles aus Liebe. Wenn einmal auf Bundesebene zur Ehrung der allseits wundertätigen Witwe ein Denkmal geplant sein sollte, dann schlage ich als Modell Tante Frieda vor.

Einmal im Leben nach Venedig

Mein Freund und Kegelbruder Willi hat einen neuen Wagen, einen von jener Beschaffenheit, deren Vorzüge fast unbegrenzt sind. Willi hat es zu etwas gebracht, seine Geschäfte laufen gut, und in gesundheitlicher Hinsicht gibt es nichts zu klagen.

"Hauptsache gesund", sagt Willi, wenn er gefragt wird, wie es denn so geht.

Er fühlt sich heute morgen stark wie seit langem nicht mehr. Er ist zufrieden mit sich selbst, mit seiner Umgebung, mit seinem Beruf und mit der Frau, die er geheiratet hat.

"Was sagst du zum Wetter, Frieda? Einen schöneren Tag als diesen hätten wir uns doch nicht wünschen können: Morgen sind wir in Florenz und übermorgen in Venedig. Freust du dich?"

Frieda freut sich, oder sie tut jedenfalls so. Sie ist zufrieden, und es gibt eigentlich nichts, das sie geändert haben will. Und doch nagt ein Wurm an ihrem Glücksgefühl. Was ist es nur? Einmal im Leben nach Venedig, das hat sie sich doch immer gewünscht, und das in einem neuen Auto, um das alle ihre Freundinnen sie beneiden. Sie reisen in den Süden, wo Meer und Himmel blau sind, und wo es überall nach dem Harz von Pinien duftet. "Pineta", sagt Willi, der sich vor der Reise Italienisches angeeignet hat, "Pinienwald".

Friedas Geist schweift in den nordischen Regen zurück, aus dem sie aufgebrochen sind. Daheim hat es getröpfelt, fein und traurig, wie sie es wochenlang ertragen hat. Sie beneidet die Menschen in diesem Land um den ewigen Sommer. "Hat dir das Filetto al sugo signore geschmeckt?", erkundigt sich Willi.

"Was soll mir geschmeckt haben?" "Das Rindfleischfilet in Gentleman-Sauce. Es war vorzüglich. Auch der Wein war gut. Ich habe mir die Marke gemerkt. Pinot Grigio." Der Wagen rollt durch ein Alpental. Die Wiesen sind mit lilafarbenen und zitronigen Blumen bedeckt.

An den Hängen ziehen sich blaue Wälder hin, und hoch oben auf den Bergen leuchtet Schnee in der Sonne. Sie kommen an einem Kirchlein vorbei, das rings von alten Gräbern umgeben ist. Der Anblick erinnert

Willi, derSoldat gewesen ist, daran, daß er ebensogut auf einem Heldenfriedhof in Rußland begraben liegen könnte. Der Gedanke an Rußland hebt sein Lebensgefühl um mehrere Etagen.

"Was hast du eigentlich", beginnt Willi, "du sitzt da und sagst kein Wort. Sind dir die Wiesen zu bunt? Sind die Berge nicht hoch genug? Soll ich dir lieber Sauerkraut mit Würstchen kaufen statt Spaghetti furiosi a la Venetia? Du hast allen Grund, glücklich zu sein. Wir haben drei Wochen Urlaub vor uns. Wenn du nicht bald ein anderes Gesicht machst, setze ich dich am nächsten Bahnhof ab. Capito?"

"Ach mein lieber Mann", sagt Frieda und lacht und legt ihre schwache Hand auf Willis starken Arm. "Ich bin sehr glücklich, daran liegt es nicht. Aber die ganze Zeit über denke ich: Wenn ich jetzt daheim wäre... Weißt du, dieser blaue Himmel, die lachende Sonne, der duftende Wind... Das wäre doch eine ideale Gelegenheit, die Betten einmal gründlich durchzulüften."

Mr. Potvinks Sammlung antiker Scherben

In Rom wurde von Museumswärtern ein Mann gestellt, der von einer Statue, die eine griechische Göttin darstellte, das rechte Ohr abgeschlagen hatte. Die Statue wird dem Werk eines Schülers von Michelangelo zugeschrieben und gilt unter Kennern als vorbildlich. Der Mann hatte in einer Sekunde, in der er sich unbeobachtet glaubte, ein Hämmerchen aus der Tasche gezogen und der Göttin blitzschnell eins versetzt.

Der Mann bückte sich nicht sofort, um das Ohr aufzuheben, nein, er schlenderte umher und war bemüht, den Eindruck eines Besuchers zu erwecken, dem es darum geht, griechische Göttinnen zu bewundern. Erst, als der Wärter sich umwandte, um sich zu schneuzen, hob er das Ohr auf.

Aber in römischen Museen läßt man Einzelgänger nicht aus den Augen, und so kam der Sammler antiker Scherben vor den Richter. Auf dem Tisch des Richters lag neben dem Ohr ein Hämmerchen von jener Art, das in Reisebussen den Fahrgästen dazu dient, im Notfall durch Zertrümmern der Scheibe das Leben zu retten. Der Richter nahm sich den Mann vor, denn endlich hatte er jemanden erwischt, der zu den Tätern gehörte, die an so manchem Kunstwerk in Italien den heilig gesprochenen Männern und Frauen und hie und da sogar einem Imperator die Nase, die Unterlippe oder den Zeigefinger abgeschlagen hatten.

Nicht der Zahn der Zeit ist es, der die Kunst zernagt, befand der Richter, sondern dieser Mann hier mit dem Namen Roderic Potvink aus Los Angeles. Der Umstand, daß der Täter das Bröcklein Marmor bereits in Watte verpackt und datiert hatte, ließ erkennen, daß der Amerikaner nicht zum ersten Male zugeschlagen hatte. Daheim besitzt dieser Mann eine Vitrine, sinnierte der Richter, in der er seine Beute zur Schau stellt. Wetten? Die Vorstellung, daß in dieser Vitrine ein Splitter liegen könnte mit dem Vermerk "Locke aus dem Bart des Moses, Rom, San Pietro in Vincoli" ließ ihn erschauern. Im Verhör, das sachlich verlief, erzählte Mr. Potvink, daß er der Leidenschaft, derartige Kostbarkeiten zu sammeln, seit der Stunde verfallen sei, da es ihm gelang, in Hitlers Teehaus auf dem Kehlstein ein Stück vom Marmorsims des Kamins abzuschlagen. Nach dem wertvollsten Objekt seiner Sammlung befragt, meinte Mr. Potvink, das sei womöglich eine Bodenfliese aus Hermann Görings Küche in Karinhall. Aber auch ein Stein aus der Berliner Mauer, groß wie eine Zigarrenkiste, hätte in Los Angeles großen Eindruck gemacht.

Hitler, Göring und die Berliner Mauer? Na schön, dachte der Richter, aber doch nicht Michelangelo. Er verurteilte den Angeklagten zu einer (1) Million Lire ersatzweise zwei (2) Wochen Haft und, die Augen zum Himmel erhoben, dankte er Gott, daß er in amerikanischen Reisebussen nur vier Hämmerchen zugelassen hatte.

Welcher Schaden würde entstehen, dachte der Richter, wenn sich jeder Tourist unseren Kirchen, Schlössern und Museen mit der Absicht näherte, Nasen, Ohren und Zeigefinger von heilig gesprochenen Männern und Frauen zu sammeln? Dem Richter dröhnte jetzt schon jeder Schlag mit dem Hämmerchen in den Ohren wie Gewitter.

Mr. Potvink zahlte bar, an der Kasse, ohne Weh und Aber. Er gab sich gelassen, ein Gentleman unter den Vandalen. Andern Tages machte sich ein Handwerker des Museums daran, das Ohr wieder anzubringen. Er schaffte es mit Porzellankitt und Atomkleber vom Feinsten. Chirurgie auf der untersten Ebene. Die Dame ist den Atomkleber wert, dachte der Handwerker, sie ist schön, das muß man ihr lassen.

Diese kleinen süßen Greuel

Wenn die Damen das Büro verlassen haben und über den Arbeitstischen noch ein Hauch von Parfüm und Nagellack schwebt, macht Herr Niggemann seine "kleine Runde". Er ist Abteilungsleiter und in seinem Bereich für Ordnung zuständig. Herr Niggemann beugt sich über die Tische und lächelt über gewisse Gegenstände, die er "diese kleinen süßen Greuel" nennt.

Greuel, was auch immer dieses Wort bedeuten mag. Was zum Beispiel gibt der Kaktus her, der neben dem Telefon von Fräulein Görlitz steht? Die Dame trachtet halt danach, sagt er sich, die Langeweile ihres Broterwerbs mit einem Kaktus zu überwinden. Gegen Blumen ist nichts einzuwenden, aber die Fischlein über dem Computer von Fräulein Schütz sind nun doch ein bißchen zuviel des Guten. Mein "Trockenaquarium" nennt die Schütz dieses Gebilde aus haarfeinem Draht und pergamentenen Fischlein, das von der Decke herabhängt und zittert und wispert und niemals ruht.

Kommt in diesen Fischlein Auflehnung gegen die Firma und die Sehnsucht nach Freiheit zum Ausdruck? Da gefällt ihm schon eher eine Dame aus Porzellan, die unter ihrem Reifrock ein Glöcklein hütet, das einen silberhellen Ton zum Mißmut beisteuert. Ping - ping - ping. Fräulein Friedrichs hat aus ihrem Urlaub in Göteborg einen Troll mitgebracht, ein Männlein aus Teakholz mit Augen aus grünem Glas und Haaren aus rotgefärbtem Hanf.

Herr Niggemann spürt plötzlich etwas wie Eifersucht. Er ist verliebt in Fräulein Friedrichs und leidet an seiner Verlegenheit dem schönen Mädchen gegenüber. Aber er besitzt nicht den Mut, sie anzusprechen und zur Sache zu kommen. Hat ihr in Göteborg ein Liebhaber diesen Troll geschenkt?

Er betrachtet eine Ratte, die für Hameln an der Weser Reklame macht. Er bewundert eine Gruppe edler Rehlein aus Oberammergau. Er denkt über eine Hexe nach, die auf einem Besen reitet. Schierke weiss er, liegt im Harz. Aus Rottweil stammt ein Hampelmann und aus Barcelona ein Torero. Aber ein Troll neben dem Kopiergerät von Fräulein Friedrichs nimmt seine Phantasie in Anspruch. Er fragt sich, was ein neunzehnjähriges Mädchen in Göteborg zu suchen hat. Er weiß nichts über schwedische Männer, aber er traut ihnen nicht. Ist der Troll, dieses grünäugige rothanfene Männlein, vielleicht ein Andenken an eine Umarmung bei Vollmond?

Daheim blättert er in einem Reiseführer über Schweden. Wie großartig sind diese Burschen, wie heiß ist das Pflaster in Göteborg und wozu sind Trolle fähig? Anderntags fängt er mit Fräulein Friedrichs ein Gespräch an. "Habe gehört, daß sie in Schweden waren", sagt er und errötet prompt, "wie war es denn bei Stockfisch und Knäkebröd und Mineralwasser? Aber diese herrlichen Wälder, in denen Elche und Luchse leben, und die silberhellen Nächte und die einsamen Strände". Er stottert fast vor Verlegenheit.

Fräulein Friedrichs ist ganz bei der Sache, sie nimmt den Ball auf und findet es toll, daß Herr Niggemann sie endlich wahrgenommen hat. Die Fischlein über dem Arbeitstisch von Fräulein Schütz zittern und wispern und tummeln wie verrückt. Aus Spaß bringt Herr Niggemann die Fischlein in Aufruhr. Er läßt aus der Kantine Kaffee und Kuchen kommen und sagt: "Das muß gefeiert werden".

Und so kommt es denn, wie wir erwartet haben. Das Schicksal nimmt seinen Lauf. Herr Niggemann und Fräulein Friedrichs werden ein Paar. Sie trinken den Sekt einer noblen Marke, leisten sich ein Fünf-Gänge-Menu, nehmen Glückwünsche und Geschenke entgegen, lassen den Rubel rollen, und auf der Hochzeitstafel steht vor dem Paar der Troll, dieses grünäugige rothaarige Männlein, das bei der Brautwerbung mitgespielt hat, jedenfalls ein bißchen.

Gentleman's Umgang mit neuen Hosen

Wir wissen, daß die Engländer sich genieren, Bügelfalten zu tragen. Ihre Hosen dürfen auf gar keinen Fall den Eindruck erwecken, daß sie neu und von der Stange gekauft sind. Ein Gentleman trägt niemals neue Kleidung zur Schau, im Gegensatz zu den übrigen Europäern, denen die Bügelfalte genauso wichtig ist wie die tadellose Beschaffenheit ihres Autos.

Eine Macke am Kotflügel versetzt jeden wahren Deutschen in maßlosen, unberechenbaren Zorn. Eine Beule an der Tür ist schlimmer als ein blaues Auge oder eine Warze auf der Nase. Er fährt sofort zur Werkstatt seines Vertrauens und läßt die Beule beseitigen.

Dem wahren Engländer ist die Macke am Auto gleichgültig. Ein Gentleman betrachtet seine Macke mit Wohlgefallen. Die Macke beweist, daß er seinen Kraftwagen nicht anbetet, sondern benutzt.

Selbstverständlich muß sich auch ein Gentleman, wenn die von den Vorfahren ererbte Hose verschlissen ist, eine neue Hose kaufen. Aber was macht der Gentleman damit? Er legt sich mit der Hose ins Bett und sorgt dafür, daß sie getragen wirkt. Well.

Dem Gentleman ist es peinlich, für eitel und putzsüchtig gehalten zu werden. Niemand im Geschäft oder auf der Straße darf auf den Gedanken kommen, daß er außer Orangenmarmelade, Whisky und Pferdesport irgend etwas für wichtig hält, am wenigsten seine Hose. Lehrreich ist die Anekdote von jenem Obersten, der sich nach der Entlassung aus dem Militärdienst eine zivile Kopfbedeckung anschaffen wollte. Er wählte umständlich und mit Bedacht einen teuren Filzhut, nahm ihn jedoch nicht in der Plastiktüte mit, sondern ließ sich den Hut ins Haus schicken. Daheim hielt er den Hut unter die Wasserleitung, walkte ihn so lange, bis ihm ein Nachbar bestätigte, da hätte er aber einen schönen, alten, miesen Hut, aber immerhin noch brauchbar.

Jetzt bitte ich den verehrten Leser, sich an der Tischkante oder an der Sessellehne festzuhalten; denn was hier mitgeteilt wird, wirft den stärksten deutschen Mann um. Es ist einfach nicht zu glauben, was Mr. Buckley sich geleistet hat.

Mr. Shepard Buckley ist Direktor eines Versicherungskonzerns. Eines Tages, als Mr. Buckley fünfundzwanzig Jahre lang einen Bentley gefahren hatte, mußte er sich entschließen, einen neuen Bentley zu kaufen.

"Well", sprach Mr. Buckley, "dies ist also mein neuer Wagen. Wieviel PS hat er?"

"Zweihundertzwanzig, Sir" antwortete der Verkäufer.

"Spitzengeschwindigkeit?"

"Zweihundertsechzig, Sir."

"Preis?"

"Zwanzigtausend Pfund, Sir."

"Hhmm", sagte Mr. Buckley. Er setzte sich hinter die Steuerung und ließ den Motor laufen. "Klingt gut", sagte er. Dann füllte er auf dem Kotflügel einen Scheck aus.

"Please."

"Thank you, Sir."

"Nichts zu danken", wehrte Mr. Buckley ab. Der Wagen war jetzt sein Eigentum. Er stopfte sich in aller Seelenruhe eine Pfeife und ließ sich vom Verkäufer Feuer reichen. Paff-paff. Dann öffnete er den Kofferraum und entnahm der Werkzeugtasche einen Schraubenschlüssel. Und dann machte er sich paffend daran, dem neuen Bentley Schrammen und jede Menge Beulen beizubringen. Er erledigte diese Arbeit mit derselben bärigen Entschlossenheit, mit der jener Oberst seinen neuen Hut gewalkt hatte. Ein Gentleman ist offenbar ein Mensch, der äußeren Glanz durch innere Festigkeit ersetzt.

Die Frage des Verkäufers, warum er das schöne Auto derart zugerichtet habe, beantwortete Mr. Buckley mit folgender Erklärung: "Junger Mann, wie stellen Sie sich das vor? Ich kann mich doch unmöglich mit einem neuen Wagen sehen lassen."

Miß Karamella

In der Straße, in der ich tagsüber meinen Beruf ausübe, befindet sich ein Süßwarengeschäft. Ich kaufe dort täglich hundert Gramm Pfefferminzbonbons ein. Eigentlich geht es mir gar nicht um die Pfefferminzbonbons, sondern um das Fräulein, das in diesem Süßwarengeschäft angestellt ist. Ich benutze die Pfefferminzbonbons als Vorwand, um mich dem Fräulein zu nähern und ein Gespräch anzufangen.

Es ist ein schönes Fräulein, und ich habe selbstverständlich nicht die geringsten Aussichten, ernst genommen zu werden; denn das Fräulein weiß genau, was von Kerlen zu halten ist, die täglich hundert Gramm Pfefferminzbonbons kaufen und dumm daherreden. Kunden wie ich halten den Betrieb nur auf. Das Fräulein in diesem Geschäft ist eine filmreife Erscheinung, eine Königin im Reich des Bonbons, eine Venus, die sich herabläßt, Ingwerstäbchen abzuwiegen und Sahnetrüffel einzupacken. Im Dienst trägt das Fräulein ein taubenblaues Seidenkleid mit Kragen und Manschetten aus erlesener Klöppelspitze. Auf dem blonden Haar sitzt ein adrettes weißes Häubchen, das wie ein Diadem wirkt. Es ist ein Diadem, das auf überzeugende Weise den Adel ausdrückt, dessen sich ja auch das Praliné unter den Süßigkeiten erfreut.

Wenn wir im Büro das Fräulein zur Sprache bringen, wir Kerle unter uns, dann sagen wir Miß Karamella. Das Fräulein mit dem Diadem im Haar ist Miß Karamella. Ich gebe zu, daß die bloße Anwesenheit von Miß Karamella, nicht mehr als drei Häuser entfernt von unserem Büro, eine gewisse Unruhe erzeugt. Aber es ist eine schöpferische Unruhe, von der sogar unser Arbeitgeber, die Firma Allgut & Co., profitiert; denn jeder von uns achtet sorgfältig darauf, nicht nur glatt rasiert zu sein, sondern auch forsch auszusehen. Wir sind bestrebt, unter allen Umständen den Posten zu halten, der mit dem Anblick des Süßwarenfräuleins verbunden ist.

Leider hat die Sache, was mich persönlich betrifft, einen Haken. Ich mag keine Pfefferminzbonbons, ich mag überhaupt nichts Süßes, und jetzt frage ich mich, ob es mir gelingen wird, die Dame zu bewegen, ihr Arbeitsverhältnis zu kündigen und in den gegenüberliegenden Obstladen umzusteigen. An Äpfel könnte ich mich gewöhnen.

Wider das Zerschlagen von Porzellan

Ein Rechtsanwalt, der wegen seiner Bemühungen in Ehescheidungsprozessen bekannt ist, wurde in einer Talkshow gefragt, worauf denn seiner Ansicht nach der Mangel an Haltbarkeit in den Ehen der Gegenwart zurückzuführen sei. Der Rechtsanwalt veränderte seine Sitzposition, legte das rechte Bein über das linke und sagte: "Auf den Mangel an Poesie", und das ist fürwahr eine überraschende Antwort.

Jeder von uns hätte erwartet, daß der Mangel an Haltbarkeit in den Ehen der Gegenwart auf das Fehlen eines Kraftwagens oder einer Fernsehtruhe oder eines Eigenheims mit Schwimmbecken zurückgeführt werden müsse. Stattdessen behauptete der Mann, der es wissen muß: "Es mangelt an Poesie", und er fügte hinzu: "Im Alltag".

Du lieber Himmel - Poesie, was ist das? Zur Zeit meiner Eltern und Großeltern wurde Poesie in Sprüche gefaßt und in Alben niedergelegt. Jeder Gast des Hauses konnte sich davon überzeugen, daß hier der Geist der Dichtkunst und nicht das Zerschlagen von Porzellan gepflegt wurde, etwa so: "Ein Seehund lag am Meeresstrand und putzte seine Schnauz mit Sand. Oh, möge doch dein Herz so rein wie diese Seehundschnauze sein."

Vermutlich wollte der Rechtsanwalt seine Meinung zu diesem Thema mit einer scherzhaften Bemerkung einleiten. Ehescheidung ist ja ohnehin schlimm genug. Vielleicht sollte das Gespräch in Richtung Gemüt gelenkt werden; denn der Mensch ist am ehesten verträglich, wenn er es gemütlich hat. Und was macht es ihm gemütlich? Was macht es ihm warm ums Herz, vom Fernsehen einmal abgesehen?

Ich habe nun, gewissermaßen für den eigenen Bedarf, eine Liste von Dingen zusammengestellt, die geeignet sind, Poesie zu erwecken, und will mit folgender Möglichkeit anfangen: Ein Marienkäfer hat sich meinen Handrücken ausgesucht, um sich darauf niederzulassen und Vertrauen zu schöpfen. Nun ist ein Käfer selbstverständlich nicht imstande, eine Ehe zu festigen, und zumal ein so kleiner Käfer. Besser ist da schon die Amsel, die meiner Wohnung gegenüber auf dem Dach einer Scheune sitzt und ein Konzert veranstaltet. Erwähnen möchte ich auch den Hahn, der frühmorgens kräht, und niemand im Haus weiß, wer hier in der Straße einen Hühnerhof besitzt. Wenn ich aufstehe, huscht über mein Bett Lichtschein aus einer Bäckerei, in der seit drei Uhr gearbeitet wird. Brotduft weht vorbei.

Ferner steht auf meiner Liste das Geleucht, das aus dem Marienglasfenster des Dauerbrenners in der Wohnstube meiner Großmutter auf den Fußboden tropft. Eine Kerze auf dem Frühstückstisch. Porzellan mit Landschaftsmalerei; eine Brücke buckelt sich über einen Bach, und ein Mann steht da und angelt. Eine Rose am Hals einer Weinflasche mit einem Zettelchen, darauf steht: Herzlichen Glückwunsch zum Geburtstag. Der Rundfunk entschließt sich zu einem Orgelkonzert. Bach. Buxtehude. Pachelbel. Der Postbote bringt den Gruß eines Italieners, mit dem ich im vergangenen Herbst die Adresse getauscht habe. Frederico schreibt, daß sie in Ercolano neue Mosaiken ausgegraben haben und ich soll kommen, um sie mir anzuschauen. Erinnerungen an Reisen mit dem Schiff, mit dem Flugzeug, mit der Eisenbahn. Baden in Meer vor der Insel Lokrum. Ein Bücherkarren auf der Via Veneto in Rom. Die Karfreitagsprozession in Sevilla. Ein Fischerdorf in der Normandie. Eine Kneipe in Wales, die Grashoppers Inn heißt.

Das Buch eines russischen Dichters, der seine Erzählungen im Schein der Petroleumlampe geschrieben hat. In allen Erzählungen dieses Dichters kommen Stachelbeeren vor. Beim Schmökern in vergilbten Schulbüchern den Satz lesen: Puella amat columbas, das Mädchen liebt die Tauben. Entdecken, daß dieser Satz schön und einfach ist. Einen Luftballon steigen lassen, mit Adresse: Schreib mal. Nach drei Wochen kommt ein Brief aus Dänemark: Ich bin zwölf Jahre alt und heiße Kathinka Gabelgaard. In die abendliche Stille einer Barockkirche eintreten. Schwalben huschen durch einen Sprung im bunten Glas. Aus dem Gewölbe schaut Gottvater nachsichtig auf den Besucher herab.

Einen Stahlstich betrachten: Wölfe hecheln hinter einem Schlitten her. Ansichten von Wasserburgen in Westfalen und Rittergütern in Ostpreußen. Im Lexikon blättern: Die erste Eisenbahn wird gebaut, das Auto ist erfunden, die Bilder fangen an zu laufen. Johann Gutenberg, der Erfinder der Buchdruckerkunst, hieß eigentlich Gensfleisch.

Wissen, daß man geboren ist. Auf dem Herd summt der Teekessel. Hinter den Gardinen ist Nacht. Geheimnisse der Weihnachtszeit. Glückwünsche am Silvesterabend.

Konfetti auf der Treppe. Die ersten Schneeglöckchen. Der erste Schmetterling. Rosen am Gartenzaun. Karussellgedudel. Heugeruch. Gewitternacht. Mövenschrei. Berghüttensommer. Oktoberwald. Apfelduft. Dämmerstunde. Chopin.

Lang ist diese Liste der schönsten Dinge der Welt. Sie enthält jene Poesie, die das Alltägliche so kostbar macht.

Eisbärenfrevel

Im Rathaus findet gegenwärtig eine Ausstellung statt. Unsere bildenden Künstler veranstalten dort einen Kunstmarkt. Sie hoffen, daß recht viele Besucher kommen und ihnen das eine oder andere Werk abkaufen.

Da hängt ein Gemälde, das "Abend am Dorfteich" heißt und zweihundert Mark kostet. Wann hat unsereiner Gelegenheit, abends in einem Dorf zu weilen? Und wo überhaupt gibt es noch Dorfteiche mit Entengrütze und Trauerweiden und einer Bank zum Ausruhen?

Aber den vergrützten Dorfteich wollte ich nicht ins Gespräch bringen, sondern ein Kunstwerk, das im Treppenhaus des Gebäudes auf der Fensterbank steht und ein Eisbärenjunges darstellt. Dieses Eisbärenkind besteht, wie die Beschriftung ausweist, aus griechischem Marmor und ist so makellos weiß, daß der Besucher sofort an die Venus von Milo erinnert wird, die auch aus griechischem Marmor gemeißelt wurde.

Das Eisbärenkind hat eine langauslaufende Schnauze mit zarten Nasenlöchern, und mit diesen zarten Nasenlöchern schnuppert es nach Eisbärenart auf der Fensterbank herum. Der Künstler hat die geschmeidige, jungtierhaft tapsige Haltung des Bären gut getroffen. Unter dem weißen Marmor ist jeder Muskel lebendig, ein Anblick zum Verlieben.

Eisbären leben im Wasser, in der Polarzone zwischen Walrössern und Pinguinen, und von Fensterbänken in Rathäusern halten sie vermutlich nichts; denn auf Fensterbänken in Rathäusern stoßen Eisbären unangenehme Dinge zu, dies zum Beispiel, daß ein Besucher in das zarte Löchlein aus griechischem Marmor eine Zigarettenkippe quetscht.

Welch ein Frevel, welch eine Lieblosigkeit, welch eine rüde Mißachtung der Kunst. Da steckt eine Kippe, ein Tabakrest, ein Giftkrümel in dem Eisbärnasenloch, und der weiße Marmor aus Griechenland ist häßlich gefleckt vom Nikotin.

Wer ist nun dieser Marmorschänder und Kunstbanause? Wir werden es nie erfahren. Wie immer hat auch hier der Täter seine

Telefonnummer nicht hinterlassen. Wir wissen nur, daß es sich um einen Raucher handelt und daß er fähig war, einem Eisbärenkind eine glimmende Zigarettenkippe ins Jungschnuppernaslöchlein zu drücken.

Nehmen wir einmal an, der Täter sei ein Mann gewesen, dann ist ihm der Unterschied zwischen edlem griechischem Marmor und bröseliger deutscher Grauwacke entgangen, und Kunst ist ihm sowieso schnuppe.

Füchse sind Nichtraucher

Wir alle kennen diese kleinen Läden, die sich so wacker halten und in denen man Wettscheine, Zeitschriften und Tabakwaren kaufen kann. Im Schaufenster eines dieser Lädchen hält sich ein präparierter Fuchs auf, der eine Pfeife raucht. Aus dem Pfeifenkopf quillt ein weißes Wölkchen, das aus Watte besteht. Die Kinder drücken ihre Nase an die Scheibe, und die Mutter erklärt ihnen, daß es kein lebendiger, sondern ein ausgestopfter Fuchs ist. "Sägemehl", sagt sie, "weiter nichts".

Der Fuchs im Schaufenster hat keinen anderen Zweck als den, Werbung für Tabak zu machen. Er trägt ein gelblich graurotes Fell, wie man es von einem Fuchs erwartet. Merkwürdig ist nur, daß er aufrecht steht, sich auf einen Stock stützt und Pfeife raucht. Er ist ein Fuchs mit Verfremdungseffekt, ein Theaterfuchs, ein literarisches Element. Er gönnt sich den Spaß, seinen ärgsten Feind, das ist der Förster, zu veralbern; denn wer stützt sich beim Waldgang auf den Stock und raucht Pfeife? Der Förster.

Nun ist es so, daß wir Großstädter weder den Förster noch den Fuchs kennen. Der Fuchs besitzt unter allen Tieren den am feinsten ausgebildeten Geruchssinn. Sobald er Menschliches wahrnimmt, macht er sich davon und hält sich im Bau verborgen, bis der Mensch den Wald verlassen hat, und das zeugt von der überragenden Intelligenz dieses Tieres.

Gibt es überhaupt noch Füchse? Das ist die Frage. Ich habe den amtierenden Kreisjägermeister angerufen, und er hat gesagt, daß es mehr Füchse gibt, als ihm lieb ist. Der Fuchs hat sich vermehrt, und zwar deshalb, weil sich seine natürlichen Feinde nicht vermehrt haben. Der Fuchs hat nur den Jäger und die Tollwut zum Feind. Am Leben bedroht sind vorerst nur Hühner und Gänse.

"Und wie ist es damit", habe ich gefragt, "geht der Fuchs am Stock und raucht er Pfeife?"

"Nein, das tut er beides nicht", antwortet der amtierende Kreisjägermeister und lacht sich eins.

"Dann ist es wohl auch gelogen, daß Eulen Bücher lesen, Dachse mit der Laterne auftreten und Eichhörnchen Karten spielen?"

"Jawohl, lauter Märchen."

Da haben wir's. Lauter Märchen. Daß Eichhörnchen Karten spielen, ist ein Märchen. Sie sind Eichhörnchen, weiter nichts, und was sie jetzt im Winter tun, ist schlafen und gelegentlich eine Haselnuß aufbrechen.

Ich erinnere mich an ein Museum, dessen "Objekte" gemeinsam von Lehrern und Schülern zusammengetragen wurden. Den Höhepunkt in diesem Museum bildete eine Gruppe von drei Eichkatern, die um einen kleinen Baumstumpf hocken und Dauerskat spielen.

Sie hocken dort vermutlich immer noch und halten Bube, Dame, König, As in den Krallen, unentwegt und immerzu, mit stupider Geduld, bis an das Ende aller Zeiten. Aber was kann man schon von Eichkatern erwarten, die mit Sägemehl gefüllt sind?

Befehl zum Räumen

Der Großvater des Herrn P. war Maurer und Hausschlachter gewesen. Im Sommer hatte er sich damit abgegeben, Stein auf Stein zu schichten. Im Winter, wenn die Bautätigkeit ruhte, betrieb der Großvater das Geschäft der Hausschlachtung. In jener Zeit war es auch in der Stadt üblich, ein Schwein zu füttern. Wer erinnert sich noch daran?

Sonnabends zog der Großvater des Herrn P. seinen Hochzeitsanzug, der vor Alter schon fast grün war, aus der Truhe und ging würdevoll gemessenen Schritts zum Katasteramt. Dort erwarb er von seinem Wochenlohn, der ihm in Goldmünzen ausgezahlt wurde, zehn Quadratmeter jenes sumpfigen Ödlandes hinzu, das vor den Toren der Stadt lag und nicht für einen Groschen Gewinn abwarf. In seinem Kopf saß der Gedanke fest, daß dieses Land eines fernen Tages nicht nur Disteln, sondern auch bares Geld hervorbringen würde.

Diese Überlegung war richtig. Auf dem trockengelegten Land stehen heute Industrieanlagen und Wohnsiedlungen, und der Boden gehört Herrn P., dem Urenkel des gewitzten Hausschlachters, der nichts mehr zu tun braucht und auch nichts tut. Das heißt, er kümmert sich um die Überwachung seiner Wertpapiere und Kontoauszüge. Er unterhält ein Büro, in dem ein Buchhalter und zwei Schreibkräfte seine Grundstücke, Pachtverträge und Mietwohnungen verwalten.

Herr P. ist ein reicher Mann, aber er ist einsam. Seine Frau hat ihn verlassen, und die beiden Söhne melden sich nicht mehr. Niemand hält es mit ihm aus, bis auf einen alten Diener, der für Ordnung sorgt und den Hund spazierenführt. Keiner seiner zahlreichen Mieter ist je dahintergekommen, ob Herr P. Bücher liest oder Musik hört, ob er in die Kirche geht oder an Straßenfesten teilnimmt. Er liebt seinen Hund, das ist alles.

Und er läßt keine Gelegenheit aus, die ihm gestattet, die Mieten zu erhöhen und Abgaben einzutreiben. Er kann nicht genug bekommen, er ist unersättlich. Er giert nach immer größerem Reichtum. Sein Herz ist hart wie Eisen.

Eines Tages sagte ihm auch der Diener die Freundschaft auf. "Sie haben mich lange genug gequält", seufzte der Diener, "Sie sind der undankbarste Mensch, der mir je begegnet ist. Ich gehe jetzt, es ist Zeit. Sehen Sie zu, wie sie fertig werden." Der Diener verließ das Haus, wie es vorher seine Frau und die beiden Söhne verlassen hatten. Herr P. war krank, Herzasthma und Gicht zwangen ihn ins Bett, aber seine Krankheiten brachten ihn dazu, noch unzufriedener und rücksichtsloser zu sein. Jetzt besaß er nur noch den Hund, eine alte Bulldogge mit Triefaugen und Fettherz. Diesen Hund verhätschelte er, aber wer würde ab heute mit dem Hund ins Freie gehen?

Herr P. befahl seinem Buchhalter, eine Anzeige aufzugeben und jemanden zu finden, der den Hund ausführen könne. "Ich zahle Stundenlohn", fügte Herr P. hinzu. Bald meldete sich im Büro ein fünfzehnjähriges Mädchen und sagte: "Ich heiße Christa. Wo ist der Hund?"

Hinter Christa schnüffelte die triefäugige Dogge die Treppe hinab, und Herr P. sah vom Fenster aus, daß sich das Mädchen vor dem Hund nicht fürchtete, sondern mit ihm sprach und ihn streichelte. Von nun an kam Christa jeden Nachmittag nach der Schule, um den Hund abzuholen. Zwischen dem Hund und Christa entwickelte sich eine Freundschaft, die darin begründet lag, daß Christa mit dem unbeholfen watschelnden Tier Mitleid empfand.

Herrn P. erfüllte diese Beobachtung mit Erstaunen. Endlich war er imstande, über sein eigenes Schicksal nachzudenken. Er entdeckte, daß auch er auf seine Mitmenschen angewiesen war.

Herr P. erschrak, als Christa eines Abends, nachdem sie sich besonders liebevoll von der Dogge verabschiedet hatte, erklärte: "Ich komme nicht wieder".

"Warum?", fragte Herr P., "was ist los?"

"Wir müssen die Wohnung räumen."

"Räumen", fragte Herr P., "wer ist es, der euch dazu zwingt?"

"Der Hausbesitzer. Er will mehr Miete haben, und meine Eltern sind ohnehin im Rückstand."

"Sowas", knurrte Herr P. und rief seinen Buchhalter an: "Sie kennen doch die kleine Christa. Wo wohnen diese Leute? Jemand wirft sie aus der Wohnung heraus." Der Buchhalter antwortete: "Der

Hausbesitzer, der den Räumungsbefehl gegen Christas Eltern durchgesetzt hat, sind Sie selbst."

"Hören Sie zu", sagte Herr P, und es war das erste Mal in seinem Leben, daß er nachgab, "machen Sie die Räumung rückgängig und stunden Sie die Miete bis auf weiteres."

Herr P. legte auf, er hörte nicht mehr, wie der Buchhalter sagte: "Nanu, was ist geschehen? Welch ein Wunder!"

Im Album geblättert

Aus alten Tagen, es ist die Zeit vor der Jahrhundertwende, ist mir ein Album mit fotografischen Portraits erhalten geblieben. Das in Samt gebundene Werk hat den Bomben, den Nagetieren und der grassierenden Lust, das Alte zum Müll zu rechnen, beharrlich getrotzt. Die Aufnahmen haben einen mattgoldenen Schimmer, der sich als eine Art antiken Nebels in die Pappen gefressen hat.

Die harten Pappen standen in Messingständern auf der Kommode im Salon. Es war eine Ahnengalerie, die sich auch bescheidene Verdiener leisten konnten. In einem Rahmen mit Blumengeranke im Jugendstil ist der Großvater zu betrachten, ein Mann mit weißem Bart, ein kühner Unternehmer, der seine Buchführung am Stehpult erledigte. Seine Frau sitzt in einem Ohrenbackenstuhl vor dem Nähkorb, und durch das gehäkelte Umschlagtuch blitzt eine elfenbeinerne Brosche. Die Söhne sind glattrasiert, aber sie gefallen sich mit dem nach oben gezwirbelten Schnurrbart. Die Töchter tragen schwarzseidene Roben mit Puffärmeln, und sie lächeln so anmutig.

In solchen Alben steckt mehr als nur Lokales. Die Zeit hat sich in ihnen eingenistet. Die Emulsion der Platte hat sich im Format neun mal zwölf mit dem geistigen Fluidum des Jahrhunderts zu einem Antlitz verschmolzen, dem Antlitz einer Generation.

Onkel Heinrich als Husarenleutnant - welch ein schöner Mann. Das rechte Bein ist vorgestellt, als hätte er soeben ein Trompetensignal gehört. Die linke Hand ballt sich entschlossen um den Säbelgriff, das Auge blitzt heldisch in die Zimmerecke, und im Hintergrund erkennt man Berggemäuer, wie auf den Stellwänden einer Oper von Richard Wagner.

Die Gruppenaufnahme einer Hochzeitsgesellschaft. Onkel Wilhelm vor seiner Abreise nach Amerika. Tante Berta im wallenden Taufkleidchen in der Sofaecke. Onkel Arnold, der längst verstorben ist, nackig auf einem Eisbärfell. Ach, aus allen Aufnahmen tritt das Jahrhundert hervor, reckt sich und riecht nach Kernseife und Mottenkugeln. Und auf jeder Pappe, Passepartout genannt, steht "Photographisches Atelier" in liebevoll verschnörkelten Buchstaben, um die sich Efeu rankt.

Unser Dank gehört den Pionieren der Lichtbildkunst, die unseren Familiensinn so erfolgreich befruchtet haben. Ein nicht abgelichteter Vorfahr ist für die Erinnerung eine Null. Im Album wirkt der Großvater in Paradeuniform mit Roßschweif am Helm und gelackten Schaftstiefeln in geradezu beständiger Heiterkeit auf Kinder und Kindeskinder.

Möge es dabei bleiben. Auch wir lassen uns für unsere Enkel abbilden. Die Retusche gibt uns den Rest an Schönheit. Der Fortschritt in der Technik kommt uns in Jeans und T-Shirt entgegen. Das Atelier heißt immer noch Atelier, aber es werden keine Burgruinen mehr entrollt und Eisbärenfelle ausgebreitet und Ohrenbackenstühle herbeigeschleppt, wenn wir uns zur Belichtung stellen. Es gibt keine Palmenkübel mehr, es gibt nur noch uns und den Nimbus unserer Persönlichkeit. Anstelle des Vögelchens hinter der Kamera waltet heute die sanft zuredende Stimme des Fotografen: "Den Kopf etwas höher bitte."

Wer die Chance, sich im eigenen Heim ein Denkmal zu errichten, nicht wahrnimmt, ist selber schuld. Er wird es nie zur Ehre eines Albums bringen.

Die Liebe und der Maschendraht

Arbeitnehmer, die sich fünfundzwanzig Jahre lang im Beruf bewährt haben, besitzen ein Recht darauf, lobend hervorgehoben zu werden. Am Morgen ihres Jubiläums schenken ihnen die Kollegen einen Blumenstrauß. Der Chef erscheint und sagt: "Na Krause, wie geht es Ihnen? Habe gehört, daß Sie heute fünfundzwanzig Jahre in der Firma tätig sind. Gratuliere, gratuliere..." In Firmen, die es sich leisten können, erhält der Jubilar eine Urkunde und eine Geldzuwendung.

Ehrungen solcher Art sind häufig. Wenn die Blumen verwelkt sind, hat auch das Jubiläum Staub angesetzt. Die Urkunde hängt gerahmt über der Kommode, und das Geld ist für Würstchen mit Kartoffelsalat und Flaschenbier ausgegeben worden.

Da ist folgendes Jubiläum bemerkenswerter, das einer Zeitung in einem von Hand geschriebenen Brief zur Kenntnis gebracht wurde. "Sehr geehrter Herr Redakteur", heißt es da, "teile Ihnen mit, daß Herr Heinrich Brock gestern fünfundzwanzig Jahre in meinem Hause Knollstraße 7 zur Miete wohnt, und haben wir uns in dieser Zeit nie geschlagen. Stelle anheim, dies in Ihrem werten Blatt unter Lokales zu drucken. Hochachtungsvoll Wilhelm Meier."

Fünfundzwanzig Jahre lang lohnsüchtig an einer Fräsmaschine oder an einem Schreibtisch auszuhalten ist nichts im Vergleich zu der Leistung, sich in fünfundzwanzig Jahren mit dem Hauswirt nicht ein einziges Mal zu überwerfen. Aus dem Brief des Herrn Meier tritt diese Tatsache schlicht ans Licht der Öffentlichkeit.

Demnach scheint es der Brauch zu sein, daß sich die Hauswirte mit den Mietern und die Mieter mit den Hauswirten nicht schlagen, aber doch entschieden uneins sind. Der Grund der Uneinigkeit besteht darin, daß die Mieter nicht so wollen, wie die Vermieter wollen. Immerhin tragen die Hausbesitzer die Last der Steuern und der Reparaturen am Gebäude.

Und was tragen die Mieter? Nichts. Im Gegenteil, sie schimpfen, lassen den Waschkessel verrosten und vernachlässigen die Fußböden. Nichts paßt ihnen. Die Nützlichkeit der Mieter erschöpft sich in der Bosheit, den Hauswirt zu ruinieren. Manch ein Rechtsanwalt lebt von diesem Dauerstreit.

Und die Hauswirte? Die Hauswirte verbieten den Mietern, Bernhardiner zu halten und nach Mitternacht Trompete zu blasen. Sie verbieten ihnen, die Wände zu versetzen, den Müll aus dem Fenster zu werfen und für die Katze ein Loch in die Korridortür zu sägen. Alle diese Verbote geben Veranlassung zu Schmähreden und geharnischten Briefen per Einschreiben.

So in jedem Haus, nicht jedoch im Haus des Herrn Meier. "Hier wird sich nicht geschlagen", würde Herr Meier sagen. Herr Meier und Herr Brock sind Freunde. Sie fanden einander vor dem Maschendraht ihrer Liebe, und der Name dieser Liebe ist Kaninchen.

Beide Herren züchten Kaninchen und sind Mitglieder eines Vereins, in dem Herr Meier das Protokoll führt und Herr Brock die jährliche Ausstellung mit Preisverleihung organisiert. Hier wird deutlich, daß auf dem Mist, den Kaninchen machen, mehr sprießt als Salat, nämlich die Eintracht der Seelen zweier Männer, die sich der Statistik der Amtsgerichte zufolge prügeln müßten.

Das Wort Prozeß findet in diesem Haus Anwendung nur auf ideelle Zuchtbemühungen und Veredlungsbestrebungen bei der Färbung der Kaninchenfelle. Die mümmelnde Sanftmut der Hasen dämpft die Mentalität heißsporniger Mannsbilder. Das Kaninchen ist hier die Grundlage des Friedens.

Sogar die Frauen vertragen sich. Sie stehen ihren Männern nicht nach in Bezug auf Seelengemeinschaft. Auch sie lieben die Angora und Chinchilla, die blauen Wiener und die deutschen Widder. Man sammelt Löwenzahn und Klee in die Küchenschürze und steckt sie den süßen Häschen durch die Maschen.

Wenn Nachwuchs kommt, tönt eitel Jubel von Wohnung zu Wohnung. Meiers laden Brocks zu Napfkuchen und Kaffee, und Brocks bringen Flaschenbier mit. Die Karnickelchen hüpfen auf dem Linoleum einher, und im Sofa sieht man die beiden Herrn im Silberglanz ihres Jubiläums Hand in Hand sitzen und in die Kamera schauen.

Tafelfreuden zweier Witwen

Frau Pütz ist Witwe, ihr Mann kam bei einem Autounfall ums Leben. Kinder? Nein, keine Kinder. Als sie anfing sich zu langweilen, bemühte sie sich um Arbeit im Haushalt. Über ein Inserat fand sie den Weg zu einer alleinstehenden Dame mit einer Fünfzimmerwohnung. Frau Pütz sagte "Gnädige Frau". Die gnädige Frau lebte von Aktien, die ihr verstorbener Mann ihr hinterlassen hatte. Auf dem Türschild stand "Kommerzienrat Gregor von Zeddelmann".

In dem Stellenangebot hatte gestanden "Putzhilfe gesucht", weiter nichts, aber mit den Jahren wurde die kleine, rundliche, quicklebendige Frau Pütz die rechte Hand der gnädigen Frau. Die Seelen zweier Witwen hatten zueinander gefunden. Frau von Z. legte die Hände in den Schoß und träumte von vergangenen Zeiten. Sie war überglücklich, diese handfeste und betulich angenehme Person gefunden zu haben. Und nachmittags legte sie Patiencen.

Eleonore Pütz übernahm die Wohnung mit allem, was an Arbeit und Vergnügen vorhanden war. Ihren Augen, die hinter der in Nickel gefaßten Brille vor Tatendrang funkelten, entging keine Spinne und kein Stäubchen. Sie wäre für ihre Herrin sogar durchs Feuer gegangen, wenn Feuer auf dem Programm gestanden hätte.

Frau von Z. und Frau Pütz waren ein ungleiches Paar, und die Nachbarn lächelten, wenn sie den beiden Frauen begegneten. Frau von Z. war groß und schlank, eine hoheitsvolle Erscheinung, indes sich Frau Pütz drall und eifrig neben ihr pummelte.

Frau von Z. verstand es geschickt, das Niveau der Witwe Pütz, die nicht mit einem Kommerzienrat verheiratet gewesen war, aufzubessern. Nicht, indem sie tadelte und zurechtstutzte, sondern in gütiger Art "Benehmen" vorlebte. Die Verdienste der Frau Pütz lagen eben auf einem anderen Gebiet, dem der Küche und des Bügelbretts.

Sonntags leisteten sich die beiden Frauen ein Vergnügen eigener Art. Sie gingen aus zum Essen, und zwar in das teuerste und vornehmste Hotel der Stadt. Dort, zwischen Marmorsäulen und mit Edelholz getäfelten Wänden, unter Stuckdecken und Kristalleuchtern, stand Sonntag um Sonntag ab achtzehn Uhr ein Tisch bereit. Die Direktion sorgte stets für frische Blumen und ein kleines Präsent, ein Pralinchen oder ein Pröbchen Parfüm. Bittschön, die Damen, wir wünschen guten Appetit.

Der Ober, ein Kellner der alten Schule, in dessen Bereich der Tisch der beiden Damen stand, erblickte eine Auszeichnung darin, die beiden Damen zu bedienen, wurden hier doch noch einmal mit längst verjährter Artigkeit die Bestecke gelegt, die Speisenfolge besprochen, der Wein vorgekostet, und immer bewunderten sie die weißen Stoffservietten, die der Oberkellner zum Kunstwerk kess emporgezipfelt hatte. Sonntags trat zudem mit einem Stehgeiger als Meister eine Musikkapelle auf, die wie Frau Pütz sagte, "all die schönen alten Sachen draufhat". Am liebsten hörten sie "Auf einem persischen Markt", "Heinzelmännchens Wachtparade" und "Schneewittchens Hochzeitszug".

Es gab in der Stadt Ehepaare mit dem Sinn für Komödie, die es sich erlaubten dabei zu sein, wenn den beiden so ungleichen Damen serviert wurde, der gnädigen Frau, die von Aktien lebte, und der Putzfrau, die zur Hofdame aufgestiegen war. Die Gäste spürten, daß an jenem Tisch ein Zeitalter zu Ende ging. Irgendetwas wurde dort noch einmal geübt, an das sich niemand mehr so recht erinnern konnte.

Was war es, das so zauberhaft gewesen war und traurig machte und auch wieder lächerlich anmutete?

Tommy in der Lederhose

Im Sommer hatten wir für einige Tage einen schottischen Jungen zu Gast. Er hieß Tommy McChilde und war siebzehn Jahre alt. Tommy war im Rahmen eines Austauschs von Schülern, die ihre Länder gegenseitig kennen lernen sollten, zu uns gekommen.

Meine Frau und ich halten es für eine gute Idee, Kinder auszutauschen, der Sprache wegen und überhaupt. Wir kauften uns ein Kochbuch mit dem Titel "Die Küche in Großbritannien" und bereiteten uns auf alles vor, sogar auf die Notwendigkeit, einen Hammel schlachten zu müssen.

Daß Tommy ein schottischer Junge war, erfuhren wir blitzartig, als es meiner Frau widerfuhr zu sagen, wir wären vor einiger Zeit in London gewesen und hätten die englische Lebensart schätzen gelernt. Sie lobte vor allem das englische Frühstück und erwähnte Orange Marmalade und eine bestimmte Sorte von Tee.

Tommys strohblonde, ein wenig rötliche Haare sträubten sich auf seinem Haupt, und er sagte würdevoller als es der Sache entsprach: "Ich bin kein Engländer. Ich bin Schotte. Die Engländer sind Idioten."

Ich wollte nicht gleich alles verderben und sagte: "Nun gut, Mac, England ist tot, es lebe Schottland!" Ich kannte einige englische Familien, Männer, Frauen und deren Kinder, und alle miteinander waren intelligent und liebenswürdig, von Schwachsinn keine Spur.

Es stellte sich heraus, daß Tommy auch über uns Deutsche unzutreffend im Bilde war. Daheim in Schottland hatten sie ihm beigebracht, daß deutsche Schüler kurze Hosen aus Leder und einen Lodenhut mit Gamsbart trügen. Er war enttäuscht, daß er bisher noch niemanden in einer derartigen Kleidung gesehen hatte. Auf jeden Fall sollten wir jedoch eine Lederhose und einen Hut mit Gamsbart besorgen, damit wir von ihm eine fotografische Aufnahme machen könnten, die ihn, den schottischen Tommy, in der typischen deutschen Aufmachung zeigen würde.

"Du lieber Himmel", sagte ich, "hör zu, Mac. Unser Sohn, der jetzt in Glasgow umherirrt, ist doch auch nicht versessen darauf, sich in Kilt und mit einem Dudelsack unter dem Arm fotografieren zu lassen." Ich behauptete das, weil ich meinen Sohn gut genug kannte. Er war wirklich nicht derjenige, der auf der Stelle nach einem Kilt schreien würde.

Was sollte ich dazu sagen? Weiteres Zureden half nicht. Selbst meine Beteuerung, daß wir weder eine Lederhose noch einen Hut mit Pinsel im Haus hätten, fruchtete nicht. Tommy bestand darauf, daß wir eine Lederhose besorgen möchten, please. Natürlich gab es in Deutschland Lederhosen, aber wo?

"Wenn ich von Tommy nicht auch als Idiot eingestuft werden will, dann muß ich jetzt das Unmögliche möglich machen", sagte ich zu meiner Frau, der nichts Gescheiteres einfiel, als vergnügt vor sich hin zu lachen.

Da stand ich nun. Ich dachte daran, mich in Fachgeschäften, die mit Sportartikeln und eventuell mit Omnibusreisen in Alpentäler zu tun hätten, zu erkundigen, ob sie eine Lederhose daliegen hätten oder ob sie jemanden wüßten, der uns eine Lederhose ausleihen würde. Wenn ich die Lage richtig einschätzte, dann waren die jungen Leute in unserer Stadt uniformiert, sie trugen diese Hosen, die man Jeans nennt, und Hüte lehnten sie verächtlich ab.

Zum Glück fiel mir ein, daß ich den Vorsitzenden der Sektion des Deutschen Alpenvereins kannte. Wenn jemand in dieser Stadt eine Lederhose mit Zubehör besaß, dann mußte es dieser Mann sein.

"Grüß Gott, Herr Kärling", sagte ich am Telefon und ich hatte ein Gefühl, als hätte ich den Seelenmasseur des Ersten Deutschen Fernsehens am Draht, "ich habe da eine Frage. Wir haben einen schottischen Austauschschüler zu Gast. Haben Sie einen Sohn, der eine Lederhose und womöglich einen Pinselhut besitzt?"

"Was sollen wir besitzen? Ich habe keinen Sohn. Und was hat denn der Schotte damit zu tun?"

Ich erklärte ihm die Lage, und ich sagte ihm, daß meine Ehre auf dem Spiel stünde. "Wenn ich keine Lederhose beschaffen kann, stehe ich in Großbritannien als Idiot da. Bitte, verstehen Sie mich, Herr Kärling."

Nun sind Sektionsvorsitzende dafür bekannt, daß sie hilfsbereit sind und ohne Umschweife handeln. Es liegt daran, daß sie gelegentlich aus dreitausend Meter Höhe auf unseren irdischen Kleinkram herabschauen. "Gut denn", sprach Herr Kärling, "ich beschaffe Ihnen das Notwendige."

Eine Stunde später hatten wir die Lederhose und alles, was zum deutschen Knaben gehört, in der Wohnung. Es konnte losgehen. Tommy war glücklich. Die Lederhose war ihm drei Nummern zu groß. Wir brachten sie mit Stecknadeln und Wäscheklammern auf das rechte Maß. Der Hut paßte beinahe, aber auch diese Schwierigkeit wurde mit Papierstreifen überwunden. Die Wadenstrümpfe und Haferlschuhe kamen so hin, und zum Schluß hefteten wir ihm ein Edelweißabzeichen ans Hemd, das vom Alpenverein für fünfundzwanzigjährige Treue zur Sektion verliehen wird.

Ich hätte der Aufmachung gerne noch einen Bierkrug aus dem Hofbräuhaus hinzugefügt, aber woher nehmen? Unter den eintausend Gegenständen, die meine Frau im Haushalt aufbewahrt und für die sie keine nützliche Verwendung hat, fand sich kein Bierkrug aus dem Hofbräuhaus.

Und dann fotografierte ich diesen Witzbold, diesen Mac, diese Karikatur von einem deutschen Jungen. Wir hielten den Atem an, als Tommy sich in die Brust warf und das Edelweißabzeichen ins Bild rückte. Er war so stolz auf seine krachlederne Verkleidung. Vielleicht glaubte er wirklich daran, daß deutsche Schüler so aussehen sollten. Oder hatte er eine Wette abgeschlossen, daß es ihm gelingen würde, sich in diesem Putz fotografieren zu lassen?

Yes, so ist es mit den Vorurteilen: Von Glasgow aus betrachtet sind wir Deutschen ein Volk in Lederhose und mit einem Pinsel am Hut.

In Gips gelegt

Otto ist mit dem Auto gegen einen Baum gefahren. Otto ist mein Freund und Kegelbruder. Der Baum, gegen den Otto geschleudert wurde, stand in einer Kurve und war eine Roßkastanie, die laut Polizeibericht einen Durchmesser von ein-meter-achtzig hatte. Der Unfall ereignete sich bei Regenwetter. Die Straße war glatt, und wenn wir Otto glauben dürfen, hat den Unfall ein simpler Ölfleck verursacht, den ein Mähdrescher hinterließ. Ein Mähdrescher ist ein landwirtschaftliches Nutzfahrzeug.

Otto hat es immer eilig. Er ist Vertreter für eine Firma, die Spielautomaten aufstellt. Wenn es in unserer Stadt jemanden gibt, dessen Zeit kostbarer ist als die Zeit anderer Menschen, dann ist dieser Jemand Otto Sowieso. Die überzogene Geschwindigkeit seines Wagens warf ihn gegen einen Baum, dem das bißchen Blech nichts ausmachte; Roßkastanien sind widerstandsfähiger als Stoßstangen.

Das Rasen ist ihm zur Gewohnheit geworden, und beim Bier erzählt er gern, daß die Polizei ihn noch nie erwischt hat. Jetzt liegt Otto mit sechs gebrochenen Rippen und einer Gehirnerschütterung im Krankenhaus, 3. Stock, Zimmer 314. Besuchszeit ist von 15 bis 18 Uhr. Die Stationsschwester heißt Modesta und ist fünfzig Jahre alt. Schwester Modesta ist eine energische Person, ihre Patienten haben nichts zu lachen.

Die gebrochenen Rippen und die Gehirnerschütterung sind nicht alles. Der linke Fuß, ein Trümmerbruch, mußte eingegipst werden. Die Zunge mußte genäht werden, elf Zahnstümpfe mußten heraus, und die rechte Augenbraue hat einen häßliches Riß. Otto ist die längste Zeit seines Lebens ein schöner Mann gewesen. Vorläufig kann Otto nicht einmal sprechen, er schreibt seine Gedanken mit dem Griffel auf eine Schiefertafel.

"Wann werde ich entlassen?" kritzelt Otto auf die Tafel und zeigt sie dem Oberarzt. "Das hängt von ihrem Zustand ab", antwortet der Arzt, "aber ich empfehle Ihnen, sich Zeit zu lassen."

Otto liegt also da und läßt sich Zeit. Er hat plötzlich mehr Zeit als er sich je gewünscht hat. Er kann sich nicht erinnern, jemals in seinem Leben überhaupt Zeit gehabt zu haben. Im Bett darf er sich nicht auf die Seite legen. Er wird künstlich ernährt, weil er nicht kauen und nicht schlucken kann. Er darf nichts, er kann nichts, und er muß lernen, nicht mit dem Bauch zu atmen, das ist alles, was er zu tun hat. In seinen Ohren dröhnt immer noch das Geräusch splitternder Scheiben und krachenden Blechs.

Endlich hat er Muße, ein Buch zu lesen. Schwester Modesta hat ihm "Das gute Samenkorn" und den "Missionskalender für das Jahr 1997" auf den Tisch gelegt. Wenn er lange genug gelesen hat, veranstaltet er Schönschreibübungen auf der Schiefertafel.

"Wie geht es ihrem Herrn Vater?" schreibt Otto.

"Er ist tot", antwortet Schwester Modesta barsch.

Aus der Frage geht hervor, daß Otto auf dem besten Wege ist, sich außer um Spielautomaten auch um Mitmenschen zu kümmern. Früher wäre es ihm jedenfalls nicht in den Sinn gekommen, sich nach dem Befinden irgendeines Vaters zu erkundigen. Gute Samenkörner, Missionskalender und Väter von Krankenschwestern existieren für ihn nicht. Was existierte, hieß Geschäft und Gewinn.

Es ist erstaunlich, daß die Welt sich jetzt ohne Otto dreht. Fest steht, daß selbst ein Mann wie Otto zu ersetzen ist. Das Leben weiß sich sofort zu helfen, wenn jemand in Gips gelegt wird. Es soll sogar Bekannte geben, die nicht einmal bemerkt haben, daß Otto schon seit vier Wochen dem Getriebe der Welt mangelt.

Heute habe ich Otto besucht. Er hielt mir seine Tafel entgegen, und darauf stand: "Mit weniger Eile schneller ans Ziel". Er will diesen Satz tausendmal schreiben. Er glaubt, daß sich Erkenntnisse auf diese Weise gründlicher einprägen.

Ich nickte: "So ist es, Otto".

Die schönen Männer

Gibt es in Deutschland schöne Männer? Ja, es gibt schöne Männer, aber sie sind in der Hauptsache beim Fernsehen und beim Film angestellt, und einige werden im Operettenfach beschäftigt. Auf der Straße bekommen wir sie selten zu Gesicht. Wer schöne Männer sehen will, muß sich in südländischen Gefilden umtun. In Italien zum Beispiel ist jeder Kellner so schön wie bei uns der Förster vom Silberwald.

In Italien herrscht an schönen Männern kein Mangel. Sie schreiten als Postboten verkleidet durch die engen Gassen, lochen Fahrkarten oder fassen beim Obsthandel zu. Diese schönen, in südlicher Sonne gebräunten Männer sind immer zu Scherzen aufgelegt. Sie sind so heiter, wie unsereiner nicht einmal an seinem Geburtstag heiter ist, obwohl Geburtstage zum Frohsinn Anlaß geben.

Ich bewundere an diesen schönen Männern am meisten, daß sie mit ihrem Schicksal zufrieden sind und auf gar keinen Fall zum Fernsehen wollen. Sie sind auf eine unkomplizierte Weise glücklich.

Woran liegt es nun, daß die südländischen Männer so schön wirken? Sind es ihre schwarzen lockigen Haare, die dunklen mandelförmigen Augen oder das ewige Tralala auf den Lippen? Ist es ihre Art zu schreiten, Netze auszuwerfen, Orangen abzuwiegen und Reklamezettel zu verteilen?

Jedenfalls hinterläßt ihre O-sole-mio-Heiterkeit bei allen Damen, die mit diesen Kerlen nicht verheiratet sind, tiefen Eindruck. Unsere deutschen Damen stellen nämlich Vergleiche an. Sie verlangen, daß auch unser Haar schwarz und und unsere Haut braun getönt sei. Außerdem sollen wir Gitarre spielen lernen und uns Vokabeln einprägen, amore zum Beispiel, grandioso, bene und so fort. Amore heißt Liebe, und fast alle anderen Vokabeln drehen sich ebenfalls um Liebe.

Von Fettleibigkeit, Konjunkturdepressionen und schlimmeren Beschwernissen, mit denen wir deutschen Männer zu tun haben, wissen diese Burschen nichts. Mit Problemen geben sie sich nicht ab. Aber in amore, da kennen sie sich aus. Weiß der Himmel, unsereiner kann noch so blond und trutzig tun - in Italien hat er verloren.

Aus meinem Bekanntenkreis hat jüngst das unverheiratete Fräulein Helga Urlaub in Amalfi gemacht. Dort lernte Helga einen Kellner kennen, einen gewissen Leonardo Caleidoscopio, der jetzt an das deutsche Fräulein Karten schreibt. Ich muß zugeben, dieser Leonardo läßt sich etwas einfallen. Seine Kartengrüße sind die reine Verführung.

Man lese nur diesen Satz: "Kuß für Helga auf schöne Augen." Darauf kommt in Deutschland niemand. Und nun stelle man sich vor, wie der schöne Leonardo das hinhaucht, hinseufzt, hinschluchzt: Kuß für Helga auf schöne Augen... Das ist gekonnt, meine Herren.

Ich habe mir Helga angeschaut. In der Tat, Helgas Augen sind schön. Aber sie mußte bis Amalfi reisen, bevor es ihr jemand sagte.

Caruso singt im Gartenhaus

Wir wohnen am Rande der Stadt, in Villen aus der Zeit um die Jahrhundertwende, und in einem Gartenhaus, das zu einer dieser Villen gehört, haben sich drei Italiener eingerichtet. Es sind die Herrn Cesare, Alberto und Antonio. Jeder hat eine Bettstatt, und gemeinsam betreiben sie eine Herdstelle, auf der sie ihre minestra, maccheroni und patata zubereiten.

In der Stadt sind Alberto und Antonio als Kellner tätig, und Cesare ist Pizzabäcker. Cesare ist der älteste, er ist dreiundzwanzig, und er befiehlt, wer zum Besen greifen soll, wer zum Einkaufen geht und ob Espresso gekocht werden muß.

Italiener bestehen nicht nur aus Avanti, Sisisi und Mammamia, sondern auch aus Heimweh. Wenn sie ihren freien Tag haben, gehen sie auf den Bahnsteig 3 und warten auf den Schnellzug mit dem Kurswagen nach Bella Italia. Auf dem Kurswagen stehen die Worte Milano---Roma, und das macht sie taumelig vor Sehnsucht nach den Gebirgsnestern, aus denen sie stammen.

Wir Bewohner der Villen aus der Zeit um die Jahrhundertwende nehmen regen Anteil an den Vorgängen im Gartenhaus, diesem Idyll, das die Gebildeten unter uns an Weimar und Goethe erinnert. Herr Müller von nebenan hat den Italienern geholfen, ein Gärtchen anzulegen und Tomaten zu züchten, und die Mütter sorgen sich um ihre Töchter, die von den Baikonen herab auf die jungen Männer schauen und albern kichern. "Die mit ihrem Temperament", pflegt Frau Allguth zu sagen, wenn sie die Balkontür schließt.

Aber so schlimm sind die Herren Cesare, Alberto und Antonio nicht, jedenfalls nicht schlimmer als andere Herren. Seien wir ehrlich, eins haben diese Herren aus dem Süden unseren Söhnen voraus, und das sind ihre Stimmen. Mammamia, jeder von ihnen ist ein Caruso, und diese Eigenschaft ist es jetzt, aus der wir Erben des Dauerregens, des Sauerkrauts und des Malzkaffees Nutzen ziehen.

Cesare, Alberto und Antonio singen, erstens der Damen wegen, die von den Balkonen herabschauen, und zweitens überhaupt. Wenn sie anheben, ihre wehmütigen Lieder zu schluchzen, stellen wir das Radio ab und hören zu. Kein Radio ist in der Lage, es mit diesen Carusos aufzunehmen.

Ein Neues ist da, etwas unerhört Fremdes und Aufregendes. Gesang aus dem Gartenhaus dringt inniger ans Gemüt als Gesang aus der Röhre. Man bekommt ein Ohr für die Schwingungen der Poesie in den Liedern der Kellner und Pizzabäcker, die unter uns leben. Sehnsucht verspüren aber auch Herr Müller und Frau Allguth und das Fräulein Renate, das in Finale Ligure Urlaub gemacht hat und Miß Riviera geworden ist. Sehnsucht kennen wir alle, Mammamia carissima, Sehnsucht nach Zuwendung und Liebe. Und nun begibt es sich, daß die Damen in den Villen aus der Zeit um die Jahrhundertwende beschließen, die Herren Cesare, Alberto und Antonio zu einem Gartenfest einzuladen. Man deckt den Herren den Tisch, schneidet eine Apfeltorte an und schenkt Kaffee ein. Fräulein Renate, die in Finale Ligure Urlaub gemacht hat und dort Miß Riviera geworden ist, flüstert dem verdutzten Cesare ins Ohr: "Mille Grazie für Delcanto, belcanto prima, molto bene..."

Wortbruch der schönen Ameli

Wir Leser der illustrierten Presse erinnern uns. Wir mochten ihren hübschen Kopf, der auf den Titelseiten unzähliger Blätter plakatiert wurde, dieses Gesicht, das so viel Mut und Begeisterung ausstrahlte. Vorgeführt wurde ein apartes junges Mädchen aus Deutschlands noch vorhandenem Adel, das nicht geradezu vermögend ist, wie die Presse erkundet hatte, durch die Gaben des Geistes und der Schönheit jedoch begehrenswert.

Hinzu kam, daß Ameli Eleonore Sybille von Sowieso die Nichte eines Onkels war, der als Außenminister eines europäischen Staates hohes Ansehen genoß und beinahe sogar Präsident geworden wäre.

Die illustrierte Presse stürzte sich auf Ameli. Diese Frau war endlich einmal etwas Lohnenderes als Diana, Fergie, Sarah und alle, die da von sich reden machten. Diese Prinzessinnen gaben nichts mehr her. Aber Amelis Geschichte war echt und lesenswert. Eine Liebe wie Amelis Liebe kam nun wirklich nicht alle Tage vor. Was war geschehen?

Das schöne Fräulein, achtzehn Jahre alt, hatte sich in Italien in einen jungen Mann namens Amadeo Nicoletti verliebt. Amadeo war Hilfsmaschinist auf einem Fährschiff, das die Stadt N. mit einer von Touristen gerne aufgesuchten Badeinsel verband.

Ameli verliebte sich leidenschaftlich in den Hilfsmaschinisten, einen Jüngling mit dem klassischen Kopf eines Römers aus dem Bilderbuch. Sie verließ das Schiff nicht mehr. Die Insel mit ihren Cafes, Eiskonditoreien und Sandstränden war ihr gleichgültig. Sie steckte tagsüber länger im dumpfen Heizraum unter Deck als sie jemals auf dem windumspülten Balkon ihres Hotels gesessen hatte. Sie himmelte ihren Apollo an, diesen Halbgott mit Dreitagebart, ölverschmierten Händen und dem Geruch nach Dieselkraftstoff. Aber er war eben schön, hinreißend schön wie Apollo, der Gott der Künste und des Lichtes, von dem sie in der Schule gehört hatte.

Eine Tante, die mitgeschickt worden war, um Ameli vor Gefahren solcher Art zu behüten, war verzweifelt. Keine Beschwörung half, kein Kniefall, kein Gebet zur Gottesmutter. Nicht einmal die Votivkerzen, die sie in zahlreichen Kirchen dem Himmel spendete, vermochten eine Wende herbeizuführen.

"Du wirst in Armut verkommen", versprach die Tante, "der immerwährende Verzehr von Makkaroni wird dich in kurzer Zeit zur Tonne machen, und dein apollinischer Draufgänger wird dich verlassen. Sie reden von Treue, aber in Wahrheit reden sie von Untreue."

Alles in den Wind gesprochen. Ameli war entschlossen, im Heizraum des Fährschiffes zu verweilen und den bildschönen Amadeo einzufangen. Sie, die Nichte eines Außenministers, der beinahe Staatspräsident geworden wäre, warf noch einmal in unserem vom Materialismus befallenen Jahrhundert die Legende vom einfachen Leben ins Gespräch.

"Lieber glücklich mit einem armen Arbeiter als unglücklich mit einem reichen Snob", das waren die Worte, mit denen Ameli sich von der Vergangenheit verabschiedete. Sie schickte den Plunder ihres Kleiderschranks samt Kreditkarte und Tante in den kalten Norden zurück und begann in Amadeos Hütte in einem Bergdorf in den Ligurischen Alpen mit der Zubereitung von Makkaroni mit Tomatentunke. Basta.

Ameli in Großaufnahme vor Amadeos offener Herdstelle, eine geblümte Schürze um die Hüften, ein Geschling Makkaroni am nackten Arm, eine schwarze Ziege zu Füßen und eine Fotografie des angebeteten Römers vor der Brust haltend - mit diesem Bild und kesser Prosa unterrichtete die italienische Presse ihre Leser über die Anwesenheit eines blonden deutschen Fräuleins in der Ziegenhütte.

Über den Bräutigam, der auf dem Bild fehlte, weil er zur Zeit wegen Diebstahls von Teigwaren im Gefängnis saß, erfuhren die Leser nur, daß ihn die Schiffahrtsgesellschaft gefeuert hatte, weil er sich williger für Amore als für Lavoro einzusetzen bereit war.

Was jetzt folgt, spielt sich in Armut und Alltäglichkeit ab. Amadeo verdingte sich als ein Kofferträger und Schuhputzer, und eine Zeitlang versuchte er, den Touristen Heiligenbildchen zu verkaufen. Aber die Touristen machten sich nichts aus der Hl. Serapia und schon garnichts aus dem Hl. Redemptus.

Die Nicolettis darbten, und die Liebe entschwand im Quadrat der

Entfernung vom Wohlstand. Ameli bat ihre Tante um Lire und flehte um Erbarmen. Und Amadeo hatte es satt, mit einer Frau zu leben, die nicht kochen und die Ziege nicht melken konnte und anfing, ihrer Vergangenheit nachzutrauern.

Es gab weder Rundfunk noch Fernsehen in der Hütte, und es kam heraus, daß Amadeo nicht lesen und nicht schreiben konnte. Er kannte auch Amelis Onkel nicht, den Außenminister, der beinahe Staatspräsident geworden wäre. Ameli sehnte sich nach Filmen, Büchern und Speisekarten zurück. All ihren Beteuerungen zum Hohn war ihr Traum vom einfachen Leben ausgeträumt. Auf italienisch hieß das basta! Eines Morgens, als sie unterwegs war zur Bank, um einen Scheck einzulösen, begegnete ihr eine ganz in Schwarz gehüllte dicke Frau. Die Frau blieb vor Ameli stehen und spuckte vor ihr aus. Haßerfüllt schrie sie "Putta, putta!" und schlurfte weiter, ohne sich noch einmal umzublicken.

Was hatte die Frau gesagt? Putta? Was bedeutet das Wort? Das Wort klang böse und es war auch böse. Putta. Plötzlich fiel es ihr wie Schuppen von den Augen. Sie war Amadeos Mutter begegnet. In den Augen dieser Frau glühte Haß. Ihr Sohn hatte seine Stellung verloren auf dem Fährschiff, er saß im Gefängnis, weil er gestohlen hatte, er hatte seine Familie entehrt, und Schuld daran trug diese blonde deutsche Putta.

Amelis Verstand erwachte, ihre Gehirnzellen tummelten sich, ihr Herz raste. Was hast du falsch gemacht, fragte sie sich. Die Tante hatte es ihr gesagt. Du wirst dick werden wie eine Tonne, und Amadeo wird dich verlassen, wie alle diese Halbgötter ihre Frauen verlassen, wenn sie von ewigen Makkaroni fett geworden sind und ihnen außer O sole mio nichts mehr einfällt.

Ameli handelte. Sie packte ihren Koffer, schrieb ein paar Zeilen, die er ja dem Pfarrer zeigen konnte, warf den Riegel zur Hütte in eine Blechdose auf der Fensterbank und reiste ab in Richtung München.

Im Flieger angeschnallt, von Amadeos Mutter und vom Makkaroni befreit, vor sich auf dem Servierbrett ein Glas Champagner und Fasanenbrust mit Pommes gratin und Schokoladeneis, blätterte sie das Wörterbuch auf und las: "Puttana, Hure, Straßenmädchen". Das Wort dröhnte ihr bis München in den Ohren.

Wir Leser der illustrierten Presse ziehen aus dem Ablauf dieser voreilig geschlossenen Partnerschaft die Lehre, daß es mit Makkaroni allein nicht getan ist.

Emilio und das Panorama di Roma

Emilio hatte einen Onkel, der als Wärter im Vatikan angestellt war. Die ganze Familie, und es waren zweihundertsiebzig Personen, wenn man sie zusammenzählte, war stolz auf Onkel Roberto. Emilio war vor Jahren einmal in Rom gewesen und hatte den Onkel besucht.

Der Onkel saß in der Basilika di San Pietro auf einem Klappstühlchen neben einer Säule aus Marmor.

Er saß da und kümmerte sich um nichts, und während er sich um nichts kümmerte, hörte er den Bericht über ein Fußballspiel. Der Bericht drang aus einem Radio zu seinen Ohren empor. Das kleine Gerät hielt er in der Brusttasche seiner Uniform verborgen, damit es niemand sehen konnte.

Emilio, der in seinem Heimatort in den Abruzzen im Tagelohn gearbeitet hatte, aber schon seit längerer Zeit untätig herumsaß, war neidisch auf den wohlhabenden Onkel, und eines Tages, als Roberto zur Familie zurückkehrte, um seinen fünfzigsten Geburtstag zu feiern, fragte Emilio, wie es zu machen sei, daß auch er im Vatikan eingestellt würde. "Ich möchte neben einer Säule sitzen und Sportberichte hören", sagte er.

Es erwies sich als schwierig, Emilios Wunsch zu erfüllen; denn im Vatikan war nicht eine einzige Stelle frei. Vom Magazinarbeiter bis hinauf zum Kardinalstaatssekretär waren alle Posten besetzt. Der Onkel, dem Emilio leid tat, wußte Rat. "Weißt du was", sagte er, "du wirst Andenken verkaufen. Es kommen viele Deutsche und sie kaufen alles, was man ihnen anbietet. Die Ware werde ich dir besorgen. Du wirst ein wohlhabender Mann werden, warte nur ab."

Emilio erhielt einen Schein, der ihm erlaubte, auf der Piazza S. Pietro Andenken zu verkaufen. Er mußte sich verpflichten, einen Teil der Einnahmen an den Onkel abzuführen. Jeden Abend wollten sie sich an einer bestimmten Säule der Kolonnaden treffen und miteinander abrechnen - ein richtiges Geschäft. Emilio merkte später, daß an fast jeder Säule jemand saß und auf den Onkel wartete, um ihm den Anteil am Gewinn auszuzahlen.

Emilio zog in die Stadt und mußte sein Zimmer weit draußen in der

Vorstadt mit einem anderen Mann teilen. Es war ein Grieche, der auf der Piazza Navona Edelkastanien röstete und verkaufte. Emilio fing auf dem Petersplatz mit Aschenbechern aus Plastik an, deren Schale mit dem Portrait des Heiligen Vaters geschmückt war. Der Aschenbecher sollte fünftausend Lire kosten.

"Niemand will die Aschenbecher haben", beklagte sich Emilio, als er am Abend den Onkel traf, "sie sind zu teuer. Hast du keine preiswertere Ware?" Emilio hatte am ersten Tag seines Einsatzes als Geschäftsmann nicht eine einzige Lire verdient, und er mußte zu Hause die Kastanien essen, die auf der Piazza Navona übriggeblieben waren.

Dann bot er den Touristen silberne Medaillen an, in die der Kopf des Heiligen Vaters eingeprägt war und die zehntausend Lire kosteten. Aber die Touristen erkannten, daß die Medaille nicht aus Silber, sondern aus Aluminium bestand und den hohen Preis nicht wert waren. Sie wollten ihn der Polizei übergeben, aber er konnte sich noch rechtzeitig davonmachen.

Der Onkel schüttelte den Kopf und sagte: "Emilio, du bist ein Dummkopf. Was fange ich mit dir an? Ich habe heute einen guten Tag, weil AS Rom gegen Inter Mailand gewonnen hat. Deshalb will ich dir noch eine Chance geben."

Am dritten Tag schrie Emilio so laut er konnte: "Panorama di Roma!" Das Panorama bestand aus sechzehn Ansichten der großartigsten Sehenswürdigkeiten der Ewigen Stadt, die aneinandergeheftet waren und wie eine Girlande wirkten, wenn man sie entfaltete. Emilio hatte inzwischen Mut gefaßt, den Mut der Verzweiflung; denn er wollte am Abend nicht noch einmal kalte Kastanien essen.

An diesem Tag stiegen deutsche Touristen aus den Omnibussen, Männer und Frauen mit Fotoapparaten in den Händen und Tüten voller Gebäck. Emilio trat ihnen entgegen und ließ seine Girlanden flattern.

"Paaanorama-diromaa!", schrie er mit seiner Bauernstimme. Er kam sich vor wie jemand, der in den Abruzzen einen Esel vorantreibt. "Paaanorama-diro-maa!" Die Deutschen mit ihren Fotoapparaten und Tüten voller Gepäck schoben ihn beiseite und sagten:

"Hab' ich schon!"

Was hatten sie schon? Emilio war verdutzt. Das Wort "Hab' ich schon" hatte er nie gehört. Was er in der Hand hielt und in den Taschen aufbewahrte, war Una Panorama di Roma und nichts anderes. Nun gut, dachte er, bene bene. Wenn sie es so haben wollen, dann verkaufe ich ihnen Hab-ich-schon. Er schrie in einer Tour: "Hab-ich-schon! Hab-ich-schon!" Und jetzt machten er und Roberto das Geschäft ihres Lebens. Die Deutschen lachten und fotografierten ihn. Sie hielten Emilio für einen Witzbold oder jedenfalls doch für einen Mann, der sich über das eigene Mißgeschick lustig machen konnte, sie kauften ihm die Ansichtskarten ab, sechzehn Stück für dreitausend Lire. Emilio mußte an diesem Tag siebenmal seine Taschen mit frischer Ware füllen. Die Ansichtskarten gingen weg wie warme Biskuits. Am Abend gönnte er sich und dem Röster edler Kastanien eine Pizza und eine Flasche Rotwein. Und wenn morgen und übermorgen Deutsche den Petersplatz betreten und ein Mann kommt ihnen entgegen, der immerzu "Habich-schon!" schreit, dann ist es Emilio, der ihnen das Panorama di Roma verkaufen will.

Botschaft von draußen

Kurz nach einundzwanzig Uhr läutet beim Pförtner am Westtor das Telefon. "Hier spricht Schwester Mathilde von der Städtischen Frauenklinik. Teilen sie bitte Herrn Kleemeyer mit, daß seine Frau einen Sohn geboren hat.

Mutter und Kind sind wohlauf. Herr Kleemeyer", fügt die Schwester hinzu, "arbeitet in Block C, Halle 3." Der Pförtner legt den Hörer auf. Was hat die Schwester gesagt - Herr Kleemeyer hat einen Sohn bekommen?

Der Pförtner kennt Herrn Kleemeyer nicht. Im Werk arbeiten dreitausend Menschen, von denen vielleicht eintausend das Westtor passieren, ein Strom aus Köpfen und Gesichtern, und in eines dieser Gesichter soll er jetzt hineinsagen: Sie haben einen Sohn bekommen, herzlichen Glückwunsch!

Er sitzt schon lange hier am Westtor, zwanzig Jahre lang, und zahlreiche Botschaften erreichten in dieser Zeit sein Ohr: Daß ein Mensch gestorben war und jemand sofort nach Hause kommen sollte, daß es einen Verkehrsunfall gegeben hatte, daß ein Haus abgebrannt war, daß ein Wasserrohr gebrochen war, daß ein Einbrecher gefaßt wurde.

Was von draußen an ihn herankommt, aus dem Reich der privaten Begebenheiten, ist nicht immer erfreulich.

Nur die schlechten Nachrichten haben es eilig, die guten Nachrichten lassen sich Zeit bis Feierabend. Wegen einer durchgebrannten Glühbirne oder eines Totogewinns von 17,80 DM wird keine Hausfrau während der Schicht ihren Mann anrufen. Aber eine glückliche Entbindung ist etwas anderes, eine gute Nachricht, dem Himmel sei Dank.

Der Pförtner weiß, daß jener Kollege in Block C, Halle 3, auf den Anruf wartet. Er kennt die Angst der jungen Väter, bevor sie erfahren, daß alles glücklich überstanden ist.

Gewiß ist der Anruf zwischen den Eheleuten verabredet. "Ich werde die Hebamme bitten, dich anzurufen", wird die Frau gesagt haben.

In die nüchterne Wirklichkeit der Pförtnerstube, in die klirrende und rasselnde, summende und brummende, von Hammerschlägen und Maschinenlärm erfüllte Fabrik geht plötzlich etwas so Hilfloses, Zartes und Rührendes ein, wie es ein neugeborenes Kind ist.

Der Pförtner gibt die Botschaft weiter. Zwei Minuten später ist der Vater im Bilde. Es ist sein erstes Kind. Ein Knabe. Um ihn scharen sich die Kollegen und gratulieren. In Block C, Halle 3, tut die Ewigkeit einen ihrer Atemzüge.

Was mache ich hier

Ein Knabe war aus dem Sitz eines Kettenkarussells herausgeschleudert worden. Der Knabe fiel in hohem Bogen auf das Zeltstoffdach einer Schießbude. Die Bude brach zusammen, es klirrte und splitterte, ein Kerl fluchte, eine Frau kreischte, und da lag der Knabe zwischen Teddybären und Papierblumen.

Ein Mann hob den Knaben auf, tastete ihm die Arme und Beine ab, schob seine Hand auf das Herz des Jungen, bewegte den Kopf hin und her, wuschelte ihm ein wenig in den Haaren und sagte: "Gottlob, das ist gut abgelaufen, nur ein ganz kleiner Schock." Er entnahm seiner Umhängetasche ein Sprechgerät und rief den Notarzt an.

Wir Zuschauer atmeten auf. Niemand von uns kannte den Mann, der nun mit dem Knaben auf das Unfallauto wartete, aber es war klar, daß hier der rechte Mann am rechten Platz war.

Später habe ich den Mann oft wiedergesehen, am Rande des Fußballfeldes, auf der Rennbahn, beim Marsch der Schützen, bei Demonstrationen, hinter der Bühne im Theater, in der Garderobe eines Konzertsaales und in den Gängen von Lichtspielhäusern, wenn Stars auftraten und Gedränge zu befürchten war.

Er war überall dabei, aber an der Veranstaltung selbst nahm er niemals teil. Der Vorgang ging ihn nichts an, seine Aufgabe lag am Rande, sein Einsatz, seine Tätigkeit. Er war Rotekreuzhelfer, und er lauschte auf Geräusche, die nur ihm verdächtig waren. Er hielt die Türen und Treppen im Auge. Er war in jeder Minute bereit, einspringen zu müssen.

So oft er mir begegnete, grüßte ich ihn, anfangs aus Respekt, dann aus Freundschaft. Wir kannten uns ja seit jenem Unfall auf dem Jahrmarkt. Er hob dann jedes Mal die Hand an die Mütze und lächelte in stillschweigendem Einverständnis. Er war der Sanitäter, der Samariter, der Rotekreuzmann, aber ich war derjenige, dem gelegentlich vielleicht auch zu helfen sein würde, ein Besucher, ein Schützling, ein Konsument irdischer Genüsse.

Nahm er mir den Umstand übel, daß ich keine Veranstaltung ausließ? Daß ich Theaterstücke, Filme und Dichterlesungen besuchte? Daß ich zum Fußballspiel ging und Pferderennen verfolgte? Jedenfalls nickte er mir freundlich zu, wie man einen Kumpel begrüßt, mit dem man im Bergwerk, in der Kriegsgefangenschaft oder im Keglerheim zusammengewesen ist.

Eines Tages sah ich ihn als Arbeiter bei der Müllabfuhr. Er hob die Abfalleimer auf und entleerte sie in das jeden Dreck zerkleinernde Fahrzeug. Hatte ich angenommen, daß er im Berufsleben Warenhausdirektor, Diplomvolkswirt oder gar Professor der dialektischen Theologie sei?

"Guten Tag", sagte ich, "schönes Wetter heute. Hoffentlich bleibt es so eine Weile. Wie geht es Ihnen?"

"Danke", sagte der Mann, "es geht mir gut. Sie sehen ja, ich habe Arbeit." Er lächelte. Er war ganz und gar zufrieden mit den Mülleimern und mit seiner Nebenbeschäftigung.

"Und wie geht es Ihnen?"

Ich antwortete: "Na ja, man schlägt sich so durch".

"Sie haben jedenfalls Humor", meinte der Mann, "wer Humor besitzt, geht so schnell nicht unter."

Und dann fragte er, indem er den Eimer absetzte und mich ansah: "Entschuldigung, wer sind Sie eigentlich? Was machen Sie hier?" Er erinnerte sich wohl daran, daß wir uns seit vielen Jahren kannten, jedoch nie ein Wort miteinander gesprochen hatten.

Ja, wer bin ich eigentlich, was mache ich hier? Schreiben dachte ich, schreiben - aber was ist das schon?

Wahre Liebe zum Kino

Manchmal frage ich mich, wie die Platzanweiserinnen im Lichtspieltheater es aushalten, täglich drei-bis viermal dasselbe Programm zu ertragen. Diese Mädchen müssen Nerven haben wie Schiffstaue.

Ich, der ich nicht im Lichtspieltheater mein Brot verdiene, sehe mir den Film nur ein einziges Mal an. Und oft genug ist es so, daß ich hinterher behaupte, dies sei nun endgültig das letzte Mal gewesen, nie im Leben würde ich meinen Fuß wieder über die Schwelle eines Kinos setzen.

Das ist selbstverständlich Unsinn. Wer beim nächsten Programmwechsel im Parkett sitzt, das bin ich. Ich bin ein leidenschaftlicher Kinogänger, und ich werde nie herausbekommen, warum. Meine Frau sagt, es sei Mangel an Aktivität, und ich täte klüger daran, selber im Film aufzutreten und das große Geld zu verdienen, aber wer kann das schon?

Nun zurück zu den Platzanweiserinnen. Ich glaube, daß diese Mädchen sich einen Film niemals bis zum Schluß anschauen. Sie sind vom Film, von seinen Bildern, Geräuschen und Unverständlichkeiten umgeben wie andere Mädchen ihres Alters von Modeartikeln, Bürokram, Gemüsekonserven oder Taschenbuchausgaben. Sie verkaufen irgendwas, und für diese Tätigkeit werden sie bezahlt. Die Platzanweiserin rechnet zum dienstleistenden Gewerbe und bezieht Lohn für das An-und Ausknipsen der Stabtaschenlampe, die der Firma gehört.

Das Leben einer Platzanweiserin braucht nicht das ärgste aller Leben zu sein. Sie muß es nur verstehen, nach der einhundertsten Vorführung desselben Streifens abzuschalten. Sie sieht dann jede Geste im voraus. Sie kennt jedes Wort, das gesprochen wird. Sie weiß, wie es kommt. In ihren Ohren rauscht Tag und Nacht immer dieselbe Musik.

Aus diesem Grund hält sich die Platzanweiserin während der Vorführung meist im Foyer auf. Sie plaudert mit der Kollegin hinter dem Süßwarenstand oder schaut in den Regen hinaus.

Alle Platzanweiserinnen haben eine Schwäche für Regenwetter. Wenn es draußen gießt, haben sie drinnen das Gefühl, nichts zu versäumen, und sie versäumen ja auch nichts. Ginge es nach den Platzanweiserinnen, dann brauchte es nur an den freien Abenden nicht zu regnen.

Wer oft ins Kino geht, lernt gelegentlich eines dieser Mädchen kennen. Er ist Stammbesucher und findet den Weg von der Kasse bis zu seinem Platz ohne Hilfe. Man lächelt einander zu: "Na, mal wieder da?"

"Ach, ja", erwidert man, "das Wetter ist zum Weinen. Das gießt und gießt. Ist wenigstens der Film ein bißchen lustig?"

Ich habe auf diese Weise Fräulein Hiltrud kennengelernt. Fräulein Hiltrud ist Platzanweiserin im Universum.

Gestern abend traf ich Fräulein Hiltrud im Astoria. Ich sagte: "Nanu, was ist los? Haben Sie Ihren freien Abend?"

"Erraten", lächelte Fräulein Hiltrud und machte es sich im Sessel bequem. "Ich habe meinen freien Abend. Was dagegen?"

"Nein, das nicht. Aber warum gehen Sie dann ausgerechnet ins Kino?" "Man will ja schließlich auch mal was anderes sehen", lautete die Antwort.

Und so sind wir leidenschaftlichen Kinogänger nun mal.

Aurelias aparte Verwandlungen

Sie hatten ihre Tochter Aurelia genannt, nach dem römischen Kaiser Aurelius, den sie im Urlaub in einem Buch kennengelernt hatten. Das Buch hatte jemand, der vorher in dem Zimmer gewohnt hatte, zurückgelassen. Das Stubenmädchen sagte, der Besitzer des Buches sei ein Spinner gewesen, der wohl was mit den alten Römern gehabt hat.

Der Name gefiel ihnen, und eine Zeitlang blieben sie dabei, Aurelia zu sagen, aber auf der Straße und in der Schule einigten sich die Kinder auf die Abkürzung Lia. Wenn die Eltern mit der Behörde zu tun hatten, mußten sie den Vornamen ausschreiben. Aurelia. Einmal rief ein Mann an und sagte, daß seine Frau und er ein Baby erwarteten und wenn es ein Mädchen würde, wollten sie es Aurelia nennen. Das Mädchen würde dann Aurelia Leskowski heißen.

"Das klingt gut", sagten sie, und Herr Leskowski freute sich.

"Leskowski mit i oder mit y?" fragten sie.

"Mit y".

"Dann grüßen Sie man schön."

"Wen soll ich grüßen?"

"Das Baby, na klar."

Sie machten Karriere mit diesem Namen, den sie in dem Buch gefunden hatten, und bald würde es in der Stadt von Aurelien nur so wimmeln.

Aurelia wuchs zu einer aparten Schönheit heran. In der Schule wurde sie für begabt gehalten. Die Lehrer lobten ihre stille Art und ihr bescheidenes Wesen. Wenn die Direktorin eine Schülerin benötigte, die repräsentieren sollte, dann fiel ihre Wahl auf Aurelia. Sie mußte dem Schulrat ein Glas Wasser , einen Blumenstrauß oder ein Buch überreichen, und sie erledigte ihren Auftrag stets mit Grazie.

Eines Tages brachte Lia einen Jungen namens Bob mit nach Hause. Bob hieß eigentlich Robert und war amerikanischer Austauschschüler.

Er stammte aus Tennessee und interessierte sich außer für Autos, was für Amerikaner selbstverständlich ist, für Bierkrüge und Gartenzwerge.

Damals trat bei Lia zum ersten Mal eine Eigenschaft hervor, die später typisch wurde für sie. An dieser Eigenschaft konnte man sie erkennen. Sie beschäftigte sich, wenn sie einen Jungen kennengelernt hatte, mit dessen Lieblingsthemen.

Als Lia den Austauschschüler aus Tennessee in der Stadt umherführte, schwärmte sie hingerissen für Autos. Sie kannte bald sämtliche Fabrikate der westlichen Welt und einige russische Modelle, und sie gab fachkundige Urteile über Vorzüge und Nachteile ab. Die besten Autos der Welt waren amerikanische Autos.

Als sich Bob nach Tennessee aufmachte, mit Bierkrügen und Gartenzwergen im Gepäck, ließ er eine im Kraftfahrzeugwesen voll ausgebildete Sweetheart zurück. Wir Nachbarn fingen damals an, Wetten darauf abzuschließen, ob Lia den Beruf eines Rennfahrers ergreifen oder wenigstens doch Taxi fahren würde.

Aber es kam anders. Wir hatten Lia unterschätzt. Sie vergaß Zündkerze und Hubraum und wandte sich der chinesischen Kunst zu. Jeder, der chinesische Kunst kennt, weiß, daß sie das Gegenteil von Zündkerze ist. Lia sprach über Bronze, Elfenbein, Porzellan und Lack. Ihr waren Chimären aus der Ming-Dynastie so geläufig wie Wandschirme mit Lotosblüten aus der K'ang Hsi-Zeit, der stehende Bodhisattwa aus Kalkstein so vertraut wie der kauernde Hirsch aus Jade. Was war geschehen? Lia hatte einen Studenten kennengelernt, der Chinese war.

Aber auch der Chinese reiste eines Tages ab, und Lia fing an, sich für Messen von Palestrina und für Motetten von Monteverdi einzusetzen. Uberall sollte geistliche Musik ertönen und Chöre brausen. Sie begeisterte sich in Dur und Moll. Sie schwärmte presto und fortissimo. Ihr musikalischer Bildungshunger wucherte ins Uferlose. Kurz, diesmal handelte es sich um einen jungen Mann, der Komponist war. Er hatte soeben opus 7 vollendet.

Leider war Treue zur Sache und zur Person nicht Lias dringlichste Herzensangelegenheit. Sie profitierte bei ihren Partnern nicht von der Liebe schlechthin, sondern von der Begabung und der Liebhaberei ihres jeweiligen Bekannten. Auf diese Weise wurde sie sowohl in den höheren Gartenbau als auch in die abstrakte Malerei eingeführt. Sie lernte die Geheimnisse des Schiffsbaus kennen und die Bedingungen der Aufzucht von Mastenten. Sie fand chirurgische Schnitte ebenso aufregend, wie gewisse juristische Spitzfindigkeiten. Sie fing sogar an, Sonette von Shakespeare auswendig zu lernen und aufzusagen.

Lia besaß die Gabe, sich dem Studium ihres Verehrers anzuschließen. Sie hatte ein Gespür für berufliche Simpeleien, und sie hielt immer das, worüber "er" gerade sprach, für das Entscheidende. Unter den zahlreichen Mädchen, die es im Lande gab, war Aurelia ein Gefäß aus dem reinen Gold der Einfalt. Wer begeistert sich denn heutzutage noch für Lotosblüten, Motetten, Spiralnebel und Dichtkunst?

Eines Tages traf ich Lia auf der Staße mit einer Dogge an der Leine. Das aparte Persönchen wurde von dem riesigen Hund stürmisch vorwärts gezerrt. Im Vorbeihasten konnte ich eben noch erfahren, daß es augenblicklich todschick sei, sich mit einer Dogge zu zeigen. Außerdem hatte sie jemanden kennengelernt, der beim Film war und ein Drehbuch geschrieben hatte, in dem ein Mädchen wie sie und eine Dogge vorkamen. Den Rest konnte ich mir denken. Ich wünschte dem schönen Mädchen statt des Drehbuchschreibers einen Meister der Goldschmiedekunst, einen Produzenten modischer Strickwaren oder einen Grundstücksmakler, dem es ja auch nicht schlecht geht.

Ich habe Lias Wandlungsfähigkeiten immer bewundert. So erlesen ihr Name war, so erlesen waren auch ihre Interessen. Hatte sie es nicht einmal auch mit einem Herrn von der Finanzbehörde zu tun, der ihr die Steuergesetzgebung erklärte? Aber da Lia keine Einnahmen hatte, wußte sie mit diesen Kenntnissen nichts anzufangen.

Neuerdings ist sie mit einem Assessor der Geodäsie befreundet, der als Ausgleich zu seinem Beruf die Kochkunst liebt. Zum Geburtstag schenkte er Lia ein Werk der kulinarischen Sparte mit dem Titel: "Was Männern so gut schmeckt." Jetzt bekocht sie ihn, und das ist gut so.

Ein Ständchen für Jonny

Die Gruppe bestand aus drei Herren und einer Dame. Die Dame spielte Hammond-Orgel, indes die Herren Saxophon, Gitarre und Schlagzeug bedienten. Hinter dem Podium, auf dem die Künstler mit ihren Instrumenten Platz genommen hatten, war auf einem Spruchband der Name der Gruppe zu lesen; sie nannten sich Niggerman's Great Combo.

Mister Niggerman war mit seinen Musikern von dem Manager des Kaufhauses für den Erfrischungsraum eingestellt worden. Managers Idee war, daß die Kunden hier Gelegenheit finden sollten, sich bei Erdbeertorte und Walzerklang zu erholen, wenn sie in den sechs Stockwerken des Hauses ihr Geld losgeworden waren. Die Kapelle oder die Band oder die Combo oder wer auch immer musizierte, wechselte an jedem Ersten im Monat, und auf Plakaten wurde für diesen Wechsel Reklame gemacht. Es klang dann jedesmal, als sei die alte Gruppe nicht so bedeutend gewesen, aber die neue würde nun endlich jedem noch so gehobenen Anspruch genügen.

Dieses Nachmittagskonzert im Kaufhaus erfreute sich regen Zulaufs. Es war immer dankbares Publikum anwesend, in der Hauptsache ältere Damen, Witwen, deren Arbeitskraft nicht mehr allzu heftig gefordert wurde, und junge Frauen, die sich davongestohlen hatten, um ihr graues Dasein für eine Stunde zu vergessen.

Herren waren selten anzutreffen. Vielleicht war darin ein Grund zu sehen, warum er, den wir hier einfach Mann nennen wollen, an einem dieser Konzertnachmittage im Kaufhaus Pluspunkte für das männliche Geschlecht sammeln durfte.

Er, der Mann, kam an zwei Krücken ins Café gehumpelt. Trotz seiner nach vorne geneigten Körperhaltung war er ein ansehnlich großer Mensch, etwa sechzig oder fünfundsechzig Jahre alt. Seine derbe Lodenkleidung und eine grüne Schirmmütze, die mit Eichelhäherfedern geschmückt war, verrieten seine Herkunft aus ländlichem Bezirk.

Niggerman's Great Combo spielte gerade den Walzer "Mondnacht auf der Alster", was den Mann bewog, stehen zu bleiben und eine seiner Krücken zu heben, um damit nach Tambourart zu dirigieren. Mit dieser Geste zog er sofort die Aufmerksamkeit der Damen auf seine Person. Hatten sie es mit einem Trunkenbold zu tun, mit einem Verrückten oder einfach nur mit jemandem, der musikalisch war?

Nein, der Mann war nur vergnügt. Es mußte an seiner Seele liegen oder an seiner Veranlagung, für die seine Familie bekannt war. Vielleicht war er einmal Tambourmajor gewesen, beim Militär oder bei der Feuerwehr oder bei der Heilsarmee. Er warf seinen Stock empor, fing ihn in der Mitte auf und veranstaltete einen Wirbelschlag, wie es ja auch die Tambourmajore tun, und dann lächelte er treuherzig jeden an, der seinem Auftritt Beachtung geschenkt hatte.

Er wandte sich dem erstbesten Tisch zu, an dem drei ältere Damen saßen und ein vierter Stuhl frei war, und sagte etwas. Der Mann sprach, aber die Damen konnten ihn nicht verstehen. Sie schauten sich ratlos an, und sie wußten nicht, ob sie seine Sprache für Ostpreußisch oder Schlesisch halten sollten. Hinterher dachten sie, daß er wissen wollte, ob der Stuhl besetzt oder nicht besetzt sei. Aber sie hatten nur verlegen gelächelt und waren ihm die Antwort schuldig geblieben.

Der Mann schlurrte mit seinen Krücken weiter. Er hatte jetzt einen Tisch ausgemacht, der dicht vor dem Musikpodium unbesetzt geblieben war. Er ließ sich schwer auf einen Stuhl nieder und legte die beiden metallenen Krücken und die Schirmmütze mit den Eichelhäherfedern auf den Tisch, als wollte er sagen: "So, das sind meine Kennzeichen." Gleich darauf brabbelte er wieder in seinem Ostpreußisch oder Schlesisch - oder was es war - unbekümmert vor sich hin.

Als die Bedienung kam, bestellte er Bockwurst, Kartoffelsalat und Flaschenbier, und die Kellnerin nahm seine Schirmmütze mit und trug sie zur Garderobe.

Sie sahen jetzt seine orthopädischen Schuhe, klobige Gebilde, die sofort das Schlimme aufdeckten, das ihn getroffen hatte. Waren seine Knie steif? Waren seine Beine ab? Was ist ihm zugestoßen? Die Damen mit grauem Haar dachten an den Krieg, den sie selbst mit heiler Haut überstanden hatten. Sie erinnerten sich an Worte wie Minensperre, Artilleriebeschuß, Maschinengewehrfeuer, Flammenwerfer, Fliegerbombe, Bombenteppich, Beinprothese und Lebensmittelzuteilung.

Der Mann war Soldat gewesen, nicht wahr? Er hatte seine Beine im Einsatz verloren. Da er Ostpreußisch oder Schlesisch sprach, rechnete er vielleicht zu jenen, die aus ihrer Heimat vertrieben worden waren, die Haus und Hof verloren hatten, und da lebte er nun allein und arm und unglücklich, irgendwo auf dem Lande draußen, wo die Füchse sich Gutenacht sagen.

Und, weiß der Himmel, plötzlich fand er sich in der großen Stadt wieder, unter lauter feinen Damen, und hörte Musik, die er aus längst vergangenen Tagen kannte, als er jung gewesen war, und er wußte nicht mehr, wie er dazu gekommen war, hier einzudringen.

"Junge, Junge", sagte er zu sich selbst, "du machst Sachen!"

Er blickte umher, und mit einemmal war ihm alles egal. Er lachte und wedelte mit seinen großen Händen und grüßte diese oder jene Dame, obwohl er keine von ihnen je gesehen hatte. Fremde Gesichter, wohin er auch blickte, und doch waren sie ihm vertraut. Wenn es in dieser Stunde auf der Welt einen Menschen gab, der seinen Wunsch erfüllt sah, daß es Musik und Erdbeertorte und Seeligkeit geben möge, dann war es dieser Mann mit seinen Krücken und der Schirmmütze mit den Eichelhäherfedern daran. "Junge, Junge", sagte er immer wieder, "du machst Sachen!"

Nach den Walzerklängen, die den Mond über der Alster verherrlicht hatten, griff die Dame an der Hammond-Orgel zum Mikrofon und verkündete, daß sie jetzt ein Lied singen werde, und zwar "Jonny, wenn du Geburtstag hast". Dabei schaute sie den Mann an, der ihr zu Füßen saß, und warf ihm eine Kußhand zu. Sie dachte wohl, daß er tatsächlich Geburtstag hätte. Der ist in die Stadt gekommen, um das Ereignis zu feiern, was sonst? Die Dame sang, und der Mann klopfte mit den Fingerknöcheln auf der Tischplatte den Rhythmus mit, daß die metallenen Stöcke leise klirrten, und während des ganzen Gesanges lachte er die Künstlerin an.

Die Spenderin der Kußhand lächelte zurück, und Jonny freute sich. Auch die Musikkollegen und der Manager und die Kellnerin und die feinen Damen lächelten, und alle miteinander hatten ein Erlebnis. Sie hatten einen Mann erlebt, der aussah, als wäre er ganz toll glücklich.

Salut für eine Lehrerin

In meiner Kindheit, das waren die Jahre nach dem Ersten Weltkrieg, hatten Lehrerinnen unverheiratet zu sein. Sie trugen lange schwarze Kleider und falsche Zöpfe, und sie wurden bis ans Ende ihres Lebens mit "Fräulein" angeredet. Wenn sie mit jemandem verheiratet waren, dann war es die Schule. Die Schule war das A und das O ihres Daseins. Schule, das bedeutete Kinder, viele Kinder, hundert Kinder, tausend Kinder, Generationen von Kindern. So ist es, Lehrerinnen blicken auf Generationen zurück.

Eine Lehrerin sieht die Menschen wachsen wie Bäume. Selbstverständlich erlebt sie auch, daß diese Bäume Früchte tragen. Gute Früchte, schlechte Früchte, je nach Charakter und Elternhaus. Lehrerinnen erleben mehr Schicksale als ein Apfelbäumchen Blätter hat. Nur sie selbst haben eigentlich gar kein richtiges Schicksal. Das Auf und Ab ihres Lebens ist eine rein pädagogische Angelegenheit.

Sie legten ihr Examen ab, machten sich hübsch für den Abschiedskommers, und dann wurden sie von der Schulbehörde an die holländische oder polnische Grenze geschickt, wo sie von Stund an als Vorbilder geehrt wurden. Sie hatten dafür zu sorgen, daß sich ABC und Einmaleins löblich fortpflanzten. Ihre Aufgabe war es, Dummheit in Witz und Trägheit in Behendigkeit umzusetzen.

Das Leben ist hart, wir wissen es. Wer später Auto fahren will, muß sich in der Schulzeit die Füße wund laufen nach dem Klassenzimmer.

Man muß eine Lehrerin gehört haben, um zu wissen, wie verbreitet die Dummheit ist und wie viele Knaben es ihrer Lehrerin zu danken haben, daß aus ihnen etwas geworden ist. Die Schule war es, die ihnen den Weg zum Führerschein und zum Bankkonto wies. Ohne das Einmaleins wären sie im Dickicht der Unkenntnis hängen geblieben.

Fräulein Habernickel, jetzt Lehrerin im Ruhestand und mit einer Urkunde ausgezeichnet, die gerahmt über der Kommode hängt, erzählt mir den Fall eines Schülers, den wir hier nachsichtig X. nennen wollen. Dieser X. war ein hoffnungsloser Fall. In ihn ging nichts hinein, weder die rechte Schreibweise des Wortes Baldriantee noch die Lösung der Rechenaufgabe Siebenmal-acht. Nun, das Wort Baldriantee war nicht entscheidend, aber nicht zu wissen, was bei

Siebenmal-acht herauskommt, war schlimm. Wer Siebenmal-acht nicht weiß, der ist verloren. Jedenfalls wurde die Rechenaufgabe Siebenmal-acht zwischen Fräulein Habernik-kel und dem Schüler X. zu einer Kampfformel. Wenn die Lehrerin nach dem Morgengebet den Unterricht aufnahm, schleuderte sie als erstes vom Katheder herab den Ruf ins Klassenzimmer: "Siebenmal-acht", worauf sich jedesmal der Schüler X. erhob und anfing, in seinem Innern die richtige Antwort zu suchen.

Auf der Grundlage von Siebenmal-acht spendete das Fräulein eine individuelle Gehirnmassage für ihren tumben Schüler. Mit sanften Drohungen trieb sie ihn den blumigen Pfad der Dummheit entlang. Auf der Straße sogar, wenn X. dem Fräulein Lehrerin begegnete, blieb es dem Schüler nicht erspart, die Rechenaufgabe Siebenmal-acht zu lösen, und bald nannte ihn das Dorf den "Siebenmalacht". Diese Herabsetzung, in aller Öffentlichkeit vollzogen, weckte den Ehrgeiz des Schülers, stachelte seinen Erwerbssinn an, und endlich fing er an, die Spielregeln jener Gesellschaft zu begreifen, in der er wohl oder übel würde leben müssen.

Aber dies alles ist Vergangenheit. Fräulein Habernickel lebt, wie gesagt, im Ruhestand und pflegt ihre Topfblumen. Aus dem Schüler X. ist ein Generalvertreter für eine Schokoladenmarke geworden, deren Vorzüge jedermann aus der abendlichen Fernsehsendung kennt.

Bisweilen begegnen einander das Fräulein und der Fürst der Schokolade, und dann geschieht es, daß den Generalvertreter die Sehnsucht nach dem Klassenzimmer und vielleicht sogar nach dem Fräulein Lehrerin überkommt.

Er bietet der alten Dame einen Platz an in seinem Auto, das mit Rundfunk, Telefon und Bar ausgestattet ist. Er führt sie in eine Konditorei, die sich rühmt, das erste Haus am Platz zu sein, und bewirtet seine alte Lehrerin mit Sahnetrüffeln und Marzipan auf Weinbrandbasis. In Süßigkeiten kennt er sich aus, der Siebenmalacht, der nicht vergessen hat, daß die Schule ihn vom Übel befreite.

Wir vermerken gern, daß der Herr Generalvertreter auch in der Konditorei, aber diesmal selbstverständlich nur aus Spaß, die Frage beantworten muß: "Und wieviel ist sieben mal acht?" Der Herr Generalvertreter beugt sich zum Ohr der tauben Dame hinab und flüstert: "Sechs-und-fünfzig". Und dann bettet er seinen im Beruf erworbenen Charme in die Frage, ob noch ein Sahnetrüffel genehm sei.

Der Mann mit dem Stirnband

Gestern habe ich einen Indianer kennengelernt. Als Kind hatte ich immer den Wunsch, einer Rothaut zu begegnen. Aber es gab in unserem Dorf keine Indianer, und sie waren auch wohl nicht bereit, aus Amerika herüberzukommen und bei uns im Zirkus aufzutreten als Büffelreiter oder Feuerspucker oder was. Mein Indianer war kein richtiger Indianer, ich meine, was die Rasse angeht. Er war ein Deutscher, der beschlossen hatte, Indianer zu sein, und es war ihm in gewisser Hinsicht gelungen.

Dieser Mann, dem ich von Freunden ein Geschenk übergeben sollte, war schwer zu finden gewesen. Niemand kannte das Haus, in dem er wohnte. Ich wollte schon aufgeben, als ich vor dem Tresen einer Gastwirtschaft den in diesem Bezirk zuständigen Postzusteller traf. Er beschrieb mir den Weg und fügte hinzu: "Ein Verrückter, der sich wie ein Indianer vorkommt. Stellen sie sich vor: Stirnband mit Federn am Hinterkopf. Die Nachbarn fürchten ihn und rufen die Polizei an, wenn er sich sehen läßt."

Der Mann mit dem Stirnband und der Feder auf dem Hinterkopf wohnte in einem einsam gelegenen, ver-wahrlosten Fachwerkhaus, das die Leute hierzulande Kotten nennen, und rings um das Haus blühten Apfelbäume. Ich überreichte das Geschenk und wurde zu einer Tasse Tee eingeladen. Das Mobiliar der Wohnung war ärmlich. Aber auf Regalen aus rohem Holz lagerte eine Bibliothek aus englisch und französisch geschriebener Literatur über die Indianer Nordamerikas und Kanadas, die ihren Wert hatte, und auf dem Fußboden lagen Stapel von Zeitschriften und Zeitungen umher. An die Wände waren Plakate und Fotografien geheftet, die Indianer darstellten, und sie sahen alle miteinander wie Menschen aus, die müde oder traurig oder unglücklich sind, und zu einigen Köpfen gehörten Fahndungsanzeigen der Polizei.

"Was haben sie verbrochen?" fragte ich.

"Verbrochen? Naja. Sie haben sich dagegen gewehrt, daß man ihnen Land wegnahm, um darauf eine Autobahn zu bauen. Sie haben Maschinen zerstört und Benzinlager angesteckt, und es gab eine Prügelei mit Polizisten."

Der Tee war vorzüglich, und der Mann, der ihn zubereitet hatte, mochte etwa fünfunddreißig Jahre alt sein. Er hatte zehn Jahre mit Indianern zusammen gehaust, er hatte sie in ihrer Umgebung gemalt und fotografiert, und er hatte alles aufgeschrieben, was er mit ihnen erlebte. Daraus war ein Buch geworden, das bereits in dritter Auflage vorlag. Ein neues Buch sollte hier im Kotten entstehen.

Er selbst, der Mann mit dem Stirnband, war der Sohn eines Landarbeiters aus einem Ort in Schlesien, der heute polnisch ist. Er hatte in Berlin studiert, einen akademischen Titel erworben und sich aufgemacht, um über die Probleme der Indianer zu berichten. Ein normaler wissenschaftlicher Vorgang also, der Verzicht auf Wohlstand voraussetzte und sogar Risiko einschloß, Engagement für eine angefeindete Minderheit, Forschungsarbeit für ein internationales Institut, das sich um jene Welt kümmert, die wir die "dritte" nennen.

Ich erwähnte den Postzusteller, der gesagt hatte, die Nachbarn fürchteten ihn und würden die Polizei benachrichtigen, wenn er sich im Dorf blicken ließe. "Ja, das tun sie", antwortete er, "aber die Polizei steht auf meiner Seite. Wir sind schließlich Christen und leben in einem freien Land. Aber es ist wahr, daß ich von Männern mit Jagdgewehren bedroht worden bin. Sie verlangen, daß ich "abhaue". In ihrem Blickfeld hängt das Auftreten von Zigeunern - und ich bin einer - eng mit Diebstahl und Brandstiftung zusammen, und vielleicht sogar mit der Entführung von Kleinkindern. In ihren Köpfen spuken uralte Vorurteile."

Er nahm das Stirnband ab und glättete liebevoll die Feder, die aus der Schwinge eines Adlers stammte, der in den Rocky Mountains König der Lüfte gewesen war.

"Als ich einmal auf einem Schützenfest war", fuhr er fort, "sind sie johlend hinter mir hergezogen, und vielleicht liegt alles nur daran, daß ich dieses Stirnband trage. Es ist eine Auszeichnung, auf die ich stolz bin. Der Häuptling des Stammes, in deren Mitte ich gelebt habe, hat es vor mir getragen."

Ich nahm das Band, das aus weichem Hirschleder bestand, in die Hand und ließ mir die eingestickten Schriftzeichen erklären, Symbole, die Tapferkeit, Treue, Mut, Anstand und Ehre ausdrückten.

In der Tat, dieser Schriftsteller, der heute ebensogut Landarbeiter in einem polnischen Dorf hätte sein können, besaß mit seinem langen dunklen Haar und dem Lederband um den Schädel auffallende Ähnlichkeit mit einem Indianer. Er hatte in seinem Gehabe, in Schnitt, Sprechweise und in der Art, wie er einen anblickte, dieses vorsichtig Abwägende, Zögernde, Prüfende angenommen, das Indianer kennzeichnen mag. Es war nun einmal sein Tick, seine Masche, seine Über-zeugung, daß jemand, der über Indianer schreibt, auch so aussehen sollte wie ein Indianer.

"Zur Zeit läuft in Deutschland eine Ausstellung mit meinen Zeichnungen und Fotografien", sagte er. "Ich versuche Geld zu machen; denn ich will für die Indianer eine Schule bauen. Wenn mein Buch fertig ist, fliege ich zurück nach Kanada. Meine..." er zögerte einen Augenblick, "meine Brüder warten auf mich."

Endlich eine Anerkennung

Nein, er wollte nicht so werden wie dieser Nachbar, dem er --- seit vielen Jahren schon --- täglich begegnete und der sich mit nichts anderem beschäftigte als damit, die Metallspitze seines Spazierstocks zu benutzen, um kleine Ärgernisse auf dem Bürgersteig aufzupicken und beiseite zu schnippen: Zigarettenkippen, Bonbonpapierchen und vor allem die von den Plantanen herabgefallenen Blätter, die so zuckrig waren und wie Hände aussahen. Diesen Pensionär, der nicht mehr wußte, was er tat, nannten die jungen Leute in der Straße den "Picker".

Er nahm sich vor, etwas Vernünftiges zu tun, sich mit Nützlichem zu beschäftigen, auf jede denkbare Weise in Gang zu bleiben. Zum Beispiel konnte er die in Jahrzehnten gesammelten Fotografien ordnen und in Alben einkleben; er hatte die Bilder immer in leere Schuhkartons gestopft und sich nie darum gekümmert.

Auch hatte er eine Liste von Büchern aufgestellt, Romane, Tatsachenberichte und Gedichtbände, die seine Freunde ihm zum Geburtstag und zum Weihnachtsfest geschenkt hatten. Niemals war er dazu gekommen, auch nur ein einziges Gedicht zu lesen, und er hatte sich immer mühsam herauswinden müssen, wenn die Spender ihn nach seiner Meinung über dieses oder jenes Buch gefragt hatten.

Diesen Widerspruch zwischen Dank und Undank wollte er jetzt ausräumen. Und vor allen Dingen wollte er laufen, sich bewegen, an der frischen Luft sein. Es stand doch wohl fest, daß ein Mann wie er zeitlebens zu wenig Sauerstoff bekommen hatte.

Otto Grimpe war Jurist gewesen, bevor er in Pension gegangen war, Direktor beim Landgericht, und er hatte in der Hauptsache mit dem Grundbuch zu tun gehabt, Streitereien wegen der Versetzung von Grenzpfählen - darin kannte er sich aus.

Aber jetzt, wo er in den "wohlverdienten Ruhestand" versetzt worden war, wie der Präsident es formuliert hatte, jetzt war ihm das Grundbuch so weit entrückt wie der Mond. Er ordnete seine Fotografien, aber das war es nicht, was er erträumt hatte.

"Ich bin so unproduktiv", beklagte er sich bei seiner Frau, "mir fehlen

Menschen, mit denen ich reden und handeln kann." Seiner Frau half er beim Abwaschen, Kartoffelschälen, Staubsaugen und Einkaufen. Es machte ihm Spaß, die Waschmaschine zu bedienen.

Was er auf besondere Art beherrschte, war dies:

Tischtücher und Bettbezüge recken. Es erinnerte ihn daran, daß er als Knabe seiner Mutter geholfen hatte.

Seine Mutter war ein lustiges Huhn gewesen, immer obenauf, und sie hatten sich gut verstanden, solange er zu Hause war.

Damals hatte seine Mutter gesagt: "Wenn du erst einmal Staatsanwalt bist, wirst du keine Bettbezüge mehr recken!" Aber da hatte sie sich geirrt, hahaha.

Das mit dem Staatsanwalt hatte sie sich in den Kopf gesetzt.

Sie war besessen gewesen von der Idee, aus ihm einen Staatsanwalt zu machen, obwohl sie eigentlich überhaupt nicht wußte, was ein Staatsanwalt war.

Er langweilte sich, und er sagte, daß er irgend etwas unternehmen wolle, was nicht gegen eine Person oder gegen eine Sache gerichtet sei. Er hätte gerne Holz zerkleinert für den Ofen oder Gartenerde umgegraben. Er hielt Ausschau nach alten Damen, denen er Nägel in die Wand schlagen und für die Speisekammer Regale zimmern wollte. Jenseits des Gebirges von Grundbuchakten, das er überstiegen hatte, wurde Tatendrang in ihm mächtig. "Gib mir einen Hammer", verlangte er.

Auf der Straße kam er mit einem Mann ins Gespräch, der eine Hausnummer suchte. Es stellte sich heraus, daß der Mann Fahrlehrer war und einen Schüler abholen sollte.

"Sagten Sie Fahrlehrer", fragte Otto Grimpe, "was ist das?" Der Mann lachte und antwortete: "Ich versuche, den Leuten Autofahren beizubringen."

"Erteilen Sie auch theoretischen Unterricht", wollte Otto Grimpe wissen.

"Aber gewiß doch", sagte der Fahrlehrer, "wenn es Sie interessiert, dann schauen Sie doch einmal herein. Die Teilnahme am Unterricht kostet nichts."

Und so kam es, daß Otto Grimpe, Landgerichtsdirektor a. D., sich für die Dienstleistungen der Fahrschule zu begeistern begann. Er saß da und lernte, was der Vorbereitung auf die amtliche Führerscheinprüfung diente. Er saß unter Menschen, die bedeutend jünger waren als er und unterschiedliche Berufe ausübten. Sie hatten alle nur den Wunsch, so schnell wie möglich hinters Steuer zu kommen.

Niemand in der Schule fragte nach dem Beruf des alten Herrn. Sie hielten ihn für den Gehilfen des Fahrlehrers oder jedenfalls doch für denjenigen, der die Tafel sauber gemacht und die Gegenstände, die für den Unterricht benötigt wurden, bereitgestellt hatte, denn mit der Zeit hatte sich zwischem ihm und dem Fahrlehrer ein Verhältnis entwickelt, das beiden Seiten Vorteile zu bieten schien.

Otto Grimpe übernahm sogar das Verteilen und Einsammeln der Prüfbogen, und er verstand sich darauf, das Ergebnis gerecht einzutragen. Plus und Minus.

Falsch und Richtig. Bestanden und Nichtbestanden. Er begründete seine Entscheidungen, gab Erklärungen, baute Schwierigkeiten ab. Theoretisch war er auf der Höhe. Bald verstand er vom Straßenverkehr und von Verbrennungsmaschinen ebensoviel wie der Fahrlehrer.

Otto Grimpe gab den schwachen Schülern Nachhilfeunterricht. Jetzt hatte er eine Aufgabe, er war beschäftigt, er hatte etwas in Gang gebracht. Gut war er im Einpauken des Paragraphen Eins der Straßenverkehrsordnung und in der Berechnung des Bremsweges.

Begriffsstutzigen Damen hämmerte er ein, was auf Autobahnen außerhalb der Parkplätze verboten ist und wie sich der Fahrer zu verhalten hat, wenn er eine Vorfahrtsstraße überqueren will. Er genoß das Gefühl, erfolgreich zu sein.

Der Jurist a. D. hatte sich zu einer Autorität erhoben, und zwar auf einem Gebiet, das volksnahe war. Was ihm in seiner Laufbahn als Beamter nie widerfahren war, das erntete er hier, nämlich Dankbarkeit, Anerkennung und Respekt.

Einmal schenkte ihm eine junge Frau, der es schwergefallen war, die Prüfung zu bestehen, einen Blumenstrauß. Es waren Tulpen und Osterglocken, überreicht als Anerkennung für seine Leistung als Einpauker. Otto Grimpe war gerührt. "Ich habe meinen Mann noch nie so glücklich gesehen", erzählte Frau Grimpe ihren Freundinnen, "es war das erste Mal in seinem Leben, daß ihm jemand Blumen geschenkt und ihn gelobt hat!"

Machen Sie keine Umstände

"Bitte, liebe Frau Schlichtegroll", sagte meine Frau, "machen sie keine Umstände. Wir sahen Licht in Ihrem Fenster, und da sagte mein Mann..."

Hier hätte ich einschreiten müssen, denn in Wirklichkeit hatte ich garnichts gesagt. Meine Frau war auf den Einfall gekommen, bei Schlichtegrolls zu klingeln.

"Ein Gläschen Wein werden Sie doch trinken", bat Frau Schlichtegroll, "es macht wirklich keine Mühe." Herr Schlichtegroll stand auf, um in den Keller zu gehen.

"Weißen oder roten Wein?" fragte er.

"Nehmen Sie wieder Platz", neckte ihn meine Frau, "wir möchten nicht, daß Sie Umstände machen. Wir sahen Licht in Ihrem Fenster, und da entschlossen wir uns, für ein Minütchen hereinzuschauen und Guten Abend zu sagen. Wie geht es den Kindern, kommen Sie voran? Bald beginnen ja die Sommerferien."

Herr Schlichtegroll setzte sich wieder und bot mir eine Zigarre und Feuer an. "Danke", sagte ich. Dann sprachen wir über den Internisten Dr. Schlingermann, der Frau Schlichtegroll wegen des zu hohen Cholesterinspiegels behandelt.

"Und ich hole jetzt doch eine Flasche", ermannte sich Herr Schlichtegroll, "ich habe Durst."

"Ich bin Ihnen ernstlich böse, wenn Sie das tun", widersprach meine Frau, "machen Sie Ihrer Frau keine Umstände. Sie ist es, die morgen die Gläser und die Teller putzen muß". Wieso Teller, dachte ich, ich sehe keine Teller.

Herr Schlichtegroll sank in den Sesel zurück. "Daß Sie mir böse sind, darauf will ich es nicht ankommen lassen."

Dann sprachen wir über unsere Kinder und über das Thema, daß die Höhere Schule auch nicht mehr das ist, was sie zu Kaiser Wilhelms Zeiten war.

Nachdem eine weitere Stunde vergangen war, erhob sich Herr Schlichtegroll und man sah ihm an, daß er entschlossen war, in den Keller zu gehen.

"Herr Schlichtegroll..."

"Bitte sehr, gnädige Frau?"

"Herr Schlichtegroll, Sie wollen jetzt doch eine Flasche holen. Wir müssen uns wirklich sofort verabschieden.

Unser Besuch sollte nicht länger als eine Minute dauern. Denken Sie an Ihre liebe Frau. Sie muß hinterher aufräumen."

Herr Schlichtegroll setzte sich. Er litt an Durst, und ich, der Mann der Frau mit den Einfällen, litt auch an Durst. Die beiden Damen sprachen über Scheidungen und daß die jungen Leute heutzutage eine recht laxe Auffassung von der Ehe hätten. Ehe müßte eben durchgestanden werden, nicht wahr?

"Wenn schon keinen Wein", schlug Herr Schlichtegroll vor, "wie wäre es mit Fruchtsaft oder Buttermilch?"

"Nein, danke. Sie sind ein reizender Gastgeber, Herr Schlichtegroll, die Abende bei Ihnen waren immer zauberhaft. Ich denke gerne daran zurück. Aber heute abend bitte keine Umstände. Wir sahen Licht in Ihrer Wohnung, und da dachten wir..."

"Vielleicht trinken die Herren ein Glas Bier", schlug die Frau des Hauses vor.

"Gerne", antwortete ich, "die warme Sommerluft macht in der Tat durstig."

Wir sprachen ein weiteres Stündchen über Handwerkerlöhne und über die Krankenkasse, und gegen ein Uhr verabschiedeten wir uns von den Schlichtegrolls. Auf der Straße draußen, als sich die Tür hinter uns geschlossen hatte, sagte meine Frau: "Naja. Ein trockener Abend. Sie hätten ruhig ein paar Umstände machen dürfen."

Engel mit Topfblume

Sie heißt Martha, ist siebzehn Jahre alt und hat soeben die Schule verlassen. Auf der Suche nach einer Lehrstelle bewarb sie sich auf eine Anzeige, in der ein Florist einen Lehrling (weiblich suchte mit "Schulabschluß und guten Umgangsformen." Es war offensichtlich, daß es hier um Höheres ging als um die Ausbildung im Umgang mit Gewächsen schlechthin.

Der Lehrherr - ein Florist und nicht etwa nur irgendein Gärtner - knüpfte bestimmte Voraussetzungen an das weibliche Wesen, das er anzulernen und einzusetzen gedachte. Wünschte er heimlich sogar, der Lehrling möge "ansehnlich" sein?

Der Florist wurde nicht enttäuscht. Martha war hübsch, apfelwangig schön wie die Mädchen auf den Bildern von Renoir. Anfangs war sie ängstlich, aber mit der Zeit legte sich ihre Befangenheit. Der Lehrling war dazu ausersehen, Blumengebinde vor den Türen der Kundschaft abzugeben, und wie macht man das? Nehmen wir einmal an, ein Fabrikdirektor ruft an:

"Schicken Sie mir zehn Chrysanthemen, meine Sekretärin hat Geburtstag". Der Florist bedankt sich für den Auftrag: "Ich schicke Ihnen die schönsten Chrysanthemen, die ich habe." Und Martha muß los mit den schönsten Chrysanthemen, die er hat. Die Chrysanthemen entfalten Pracht und Duft intimer, als es sich durch den Fahrer eines Firmenwagens machen ließe. Martha weiß, um was es geht. Sie knickst artig und lächelt, apfelwangig schön, wie sie nun einmal ist.

Frau Meier-Schnürsack, eine verwitwete Dame über siebzig, soll in ihrem Bridge-Club geäußert haben:

"Jedesmal, wenn Martha Blumen bei mir abgibt, wirkt das auf mich wie ein Sonntagnachmittag im Frühling." In der Tat, Marthas Anmut ist Kapitalanlage. Das Geschäft mit weißen und roten Rosen blüht, und gefragt ist Männertreu. Es ist, als sei der Sinn für Schnitt-und Topfblumen heftiger erwacht, als es die Planung des Floristen ahnen ließ.

Martha geht auf Geschäftskosten zum Friseur und zur Kosmetik. Sie läßt sich die Fingernägel mit einem verführerischen Rosa lacken.

Sogar im Lack der Fingernägel erweist sich der Umsatz im Blumenhandel. Marthas Hände erheben die Visitenkarte ihrer Firma in den Rang einer versiegelten Depesche. Beehren Sie uns bald wieder. Ihr Florist.

Es gibt Leute, die gar nicht wissen, daß es Blumen gibt. Erst durch Martha erfahren sie es. Martha bringt die Freude, den Optimismus, die Zuversicht in Wallung. Die gute Laune knattert und pufft. Der Genuß am Dasein pflanzt sich fort durch Farben und Duftwölkchen. Martha ist die Summe aller Glückwünsche in unserer Stadt.

Martha knickst auf grünen, silbernen und goldenen Hochzeiten. Sie gibt Jubiläumsfeiern, Geschäftseröffnungen und Dichterlesungen den fehlenden Rest. Sie hat ihren Auftritt am Wochenbett der glücklichen Mama und in der Garderobe des bewunderten Tenors. Martha ist dabei, wenn jemand aus Afrika zurückkehrt oder in der Klassenlotterie den großen Schnitt gemacht hat. Sie beglückwünscht den Schulrat zur Ernennung und den abgehenden Regierungsrat zum Ruhestand.

Kein freudiges Ereignis sickert ohne Marthas Beistand in den Mahlstrom des Vergessens. Gewiß haben auch wir anderen eine Aufgabe.

Aber Marthas Aufgabe ist wirklich eine Aufgabe. Sie ist der Engel mit der Topfblume, wie ihr Chef sagt, der Glückskäfer mit dem Nelkenstrauß, der frohe Bote mit der Palme.

Ich frage mich, wann nimmt unsereins endlich die Gelegenheit wahr, Licht zu verbreiten und zur Freude Anlaß zu geben? Nun ja, unsereins ist ja auch nicht schön.

Veränderung durch Poesie

Es war einmal ein junger Mann, der hatte Hölderlin gelesen, und nun wollte er wie Hölderlin Verse schreiben und die Welt aufhorchen lassen. "Veränderung durch Poesie" nannte er sein Programm, und er sah seine Aufgabe vor allem darin, den Pfad der Tugend einzuhalten, den Weg der Gerechtigkeit abzustecken, die Straße des Erbarmens zu beschreiten.

Der junge Mann hatte mit Lyrik über reifende Kornfelder und apfelsinenfarbene Sonnenuntergänge Erfolg gehabt, deshalb beschloss er, an der Gewohnheit des Schreibens festzuhalten, obwohl er sich eingestand, daß Brot damit nicht zu erwerben sei.

Der junge Mann lebte in einer Großstadt. Er war im Supermarkt angestellt und mußte Peisetiketten auf Waren heften, deren er nicht bedurfte. Wenn er die Etikettenhefterei erledigt hatte, setzte er sich in seinem möblierten Zimmer auf den Bettrand und versuchte, sich selbst und der Welt zu verkünden, daß es höhere Ziele gibt als Preisetiketten auf Marmeladegläsern. Aber sobald er angefangen hatte zu denken, überfiel ihn von der Straße her Lärm, sodaß ihm keine vernünftige Zeile einfiel.

Was ihm mangelte, war Stille. Er schloß das Fenster und stopfte sich Wachskügelchen in die Ohren, aber die Wachskügelchen waren eben nur Wachskügelchen und keine Lärmbrecher. Er war nicht imstande, Stille herbeizuzaubern. Durch die pappigen Wände drangen Geräusche auf ihn ein, die seine Denkfähigkeit zermürbten. Mal war es die Straßenbahn, mal das Telefon, mal die Sirene des Einsatzwagens der Polizei und mal die Stimme von Udo Lindenberg, der auf seine Weise ebenfalls dabei war, die Schläfer wachzurufen. Stille, dachte er, wo finde ich Stille? Er gab die Stellung im Supermarkt auf und zog in ein Dorf, das von Wiesen und Äckern umgeben war. Dort hoffte er die notwendige Stille und jene Einsamkeit anzutreffen, die ihn befähigen würden, ein Gedicht zu verfassen. Er irrte sich. Anstelle der Straßenbahn und der Polizeisirenen peinigten jetzt Kreissägen und Betonmischer sein Ohr.

Der junge Mann wanderte umher und suchte Stille. Er erkundigte sich beim Gemeindevorsteher, beim Pfarrer und beim Vorsitzenden des Verkehrsvereins, wo denn die Stille geblieben sei, aber niemand konnte ihm eine plausible Antwort geben, und oft konnte er nicht einmal ihre Worte verstehen, weil ein Jagdflieger im Tiefflug dahindüste oder ein Lautsprecherwagen die Rede eines Parteipolitikers ankündigte.

Aus Gasthöfen, in die er sich einquartierte, vertrieb ihn der Lärm der Musikautomaten. Rundfunk, Fernsehen und der Bremsschrei der Kraftwagen, die mit hoher Geschwindigkeit in die Kurve gingen, verfolgten ihn. Es gab keine Stille mehr. Die Einsamkeit war Luxus geworden. Aus dem Gedicht wurde nichts. Er schalt sich selbst einen Esel, der schreiben will in einer Zeit, in der die Menschen das Lesen bereits aufgegeben haben.

Da er keine Einkünfte hatte und seine Ersparnisse aufgezehrt waren, machte er sich der Zechprellerei schuldig. Er wurde zu fünfzig Mark Geldstrafe verurteilt, ersatzweise fünf Tage Haft. Im Gefängnis waren die Mauern so dick, daß keine Musikbox und kein Wahlredner sie zu durchdringen vermochten. Endlich hatte er die ersehnte Stille gefunden, und einsam war er auch. Er schrieb ein Gedicht über einen blühenden Fliederstrauch, den er an einer Friedhofsmauer gesehen hatte. Als das Gedicht druckreif war, wurde er entlassen.

Jetzt war der junge Mann sehr unglücklich, und fortan hegte er den Wunsch, in die Gefängniszelle zurückkehren zu dürfen. Er dachte daran, Schaufensterscheiben einzuschlagen oder Strichmännchen an die Wände zu malen, aber als Nachfolger von Hölderlin war er nicht gewalttätig genug. Auch zu einem Überfall auf die Raiffeisenbank konnte er sich nicht entschließen, und für eine Karriere als Heiratsschwindler war er zu unansehnlich.

Zechprellerei und Strichmännchen brachten nichts ein an Strafe, und meistens ließ die Polizei ihn laufen. Eine Verwarnung, das war alles. Vor Gericht hatte er Tränen in den Augen, die Mitleid erwecken sollten, aber der Richter verstand es falsch und dachte, daß es Tränen der Reue seien. In Wirklichkeit sehnte sich der Angeklagte danach, eingesperrt zu werden.

Eines Tages lernte er ein Mädchen kennen, das Rosa hieß und gefärbte Haare hatte. Rosa verleitete ihn, Kaufverträge abzuschließen und Wechsel zu unterzeichnen. Rosas möbliertes Zimmer füllte sich mit Garderobe, Elektrogeräten und Weinflaschen. Vor der Tür stand ein Auto, das auf Rosas Namen zugelassen war. Als die Wechsel geplatzt waren und der Spinner, wie Rosa ihn nannte, vor Gericht stand, bat er um vier Jahre Freiheitsentzug. "Auf diese Höchststrafe habe ich Anspruch", heulte er, "ich protestiere dagegen, daß man mich für unzurechnungsfähig erklären und freisprechen will."

Je inständiger er jedoch um Strafe bat, desto nachgiebiger wurde der Richter. Die Schöffen schluckten vor Rührung, der Psychiater lobte die Intelligenz des Angeklagten, und beinahe hätte er Bewährungsfrist bekommen. Es gelang ihm, der Anklage auf Betrug den Besitz einer Kunststoffpistole hinzuzufügen. "Keine Bank war vor mir sicher", behauptete er. Er bekam drei Monate, auf mehr wollte sich das Gericht auf keinen Fall einlassen.

Jetzt sitzt der junge Mann in einer Strafvollzugsanstalt und schreibt. Hoffentlich kommt keine Amnestie dazwischen, die uns das Werk eines Dichters entzieht, der vielleicht doch ein paar vergnügliche Weisheiten zu verkaufen hat.

Heimkehr wie üblich

"Sind die Kinder angekommen?", fragte Herr Berger. Er richtete sich im Bett auf und nahm den Tee entgegen, mit dem er die Tabletten einnehmen sollte. Er wußte, daß die Kinder da waren, er hatte ihre Stimmen unten im Haus gehört. Sie hatten Freunde mitgebracht, und sie waren laut und unbekümmert wie üblich, wenn sie nach Hause kamen. Gabriele studierte Physik, sie wollte ins höhere Lehrfach, und Georg diente zur Zeit bei der Bundeswehr.

"Ja, sie sind daheim", antwortete Frau Berger, "soll ich ihnen sagen, daß du krank bist?"

"Nein, sag ihnen nichts. Ich möchte, daß sie aus eigenem Antrieb nach mir fragen. Schließlich ernähre ich sie ja. Kinder sind egoistisch. Habe ich nicht alles für sie getan, was in meiner Macht stand?"

"Du hast alles getan", sagte Frau Berger, "mehr konntest du nicht tun. Vielleicht haben wir sogar zuviel getan. Einschränkungen hätten ihnen gut getan. Möchtest du eine frische Kompresse haben?"

Herr Berger lag nun schon vierzehn Tage zu Bett, und in seinem Befinden wollte sich keine Besserung einstellen. Grippe, sagte der Arzt. Eine Allerweltskrankheit, aber er fühlte sich schwach wie noch nie in seinem Leben. Seine sechzig Jahre machten sich bemerkbar. "Dank für die Kompresse", sagte er. Sie verstanden sich gut.

Frau Berger lächelte ihm zu. Dann schloß sie behutsam die Tür und stieg die Treppe hinab in die Wohnräume.

Dort hatte es sich die Jugend bequem gemacht. Es war Zufall, daß beide Kinder an diesem Wochenende Urlaub nehmen konnten. Georg hatte Disketten mitgebracht, "Trompetensoli, wie sie die Welt noch nie gehört hat" und einen "irrsinnig aufregenden Saxophonisten", der Mac Sowieso hieß.

Gabriele war in der Küche damit beschäftigt, Kaffee zu kochen und Brote zu belegen. Beide Kinder nahmen sich gegenseitig das Telefon aus der Hand, um Freunde und Freundinnen anzurufen und sich zu verabreden. Auf der Anfahrt vor dem Landhaus parkten Oldtimer und Sportwagen. Der Kies knirschte unter den Reifen. Herr Berger nahm von ferne Anteil an dem Leben, das sich da breitmachte. Er war nicht dagegen, nein, er räumte den Kindern das Recht ein, sich zu amüsieren. Aber er erwartete, daß sie sich für einige Minuten aus ihrer Gesellschaft lösen und "Vater, wie geht es dir?" sagen würden. Er fragte sich, wie er selbst in seiner Jugend gehandelt hatte. Er konnte sich an seinen Vater kaum erinnern. Er schlief ein, und als er aufwachte, hatte er das Gefühl, erfrischt zu sein.

"Na, wie geht es den Kindern?" fragte er, "haben sie nach mir gefragt?"

Frau Berger stopfte ihm ein Kissen in den Rücken. "Du mußt essen", sagte sie, "du willst doch wieder zu Kräften kommen. Und was die Kinder betrifft... sie haben nach dir gefragt, aber ich habe ihnen nicht gesagt, daß du krank bist. Du hast es ja verlangt."

Herr Berger nickte.

"Georg ist Leutnant geworden, er möchte jetzt das Rennpferd haben, das du ihm versprochen hast. Und von Gabriele soll ich dir ausrichten, daß sie einen Unfall gehabt hat. Du sollst nicht böse sein, wenn die Rechnung kommt, es sind dreitausend Mark."

"Wo sind die Kinder? Es ist so still geworden im Haus." Herr Berger lauschte.

"Man trifft sich irgendwo. Du weißt doch, sie nennen es Party. Party mit Ypsilon."

Sie hoffte, daß ihr Einfall, das Ypsilon in dem Wort zu erwähnen, ihn erheitern würde. Nachher gestand sie sich, daß es einer ihrer Versuche gewesen war, der allgemeinen Sorglosigkeit zu trotzen.

Frau Bergers Stimme zitterte, als sie sagte: "Unser Haus betrachten sie als Hotel. Sie kommen nur zum Essen und zum Schlafen."

"Um des Himmels willen, was haben wir falsch gemacht", stöhnte Herr Berger.

"Ich weiß es nicht", antwortete seine Frau, "und wir werden es auch nie erfahren. Ihr Egoismus überwältigt sie. Vielleicht finden sie morgen den Weg zu dir."

"Hast du 'vielleicht' gesagt?"

Frau Berger antwortete nicht. Sie knipste die Lampe an und zog die Vorhänge zu. Ich werde ihm etwas vorlesen, dachte sie, etwas Lustiges.

Mein Sommer mit Ulrike

Nun ja, blättern wir einige Jahrzehnte zurück im Buch der Erinnerungen. Ich war zwölf Jahre alt, als ich auf den Gedanken kam, statt der weißen Mäuse, die ich bisher gezüchtet hatte, eine Brieftaube an mich zu gewöhnen. Ich verkaufte die weißen Mäuse dem Sohn des Apothekers, dem der Ärger, den man mit weißen Mäusen haben kann, unbekannt war. Der Sohn des Apothekers hieß Josef, und er sah auch aus wie jemand, der Josef heißt.

Auf dem Wochenmarkt erstand ich eine Taube (weiblich, die den Gepflogenheiten des Marktes zufolge für den Suppentopf angeboten wurde. Ich rettete der Taube das Leben, indem ich beschloß, sie zu kaufen und ihr unter dem Dach meines Elternhauses einen Verschlag zu bauen, in dem sie brüten, gurren und dem Schicksal dankbar sein durfte, daß sie dem Suppentopf entgangen war.

Der Entschluß, eine Brieftaube zu besitzen, muß mit meiner ersten Verliebtheit erklärt werden. Ich gab der Taube den Namen Ulrike, denn die Nähe einer gewissen Ulrike, die in der Nachbarschaft wohnte, versetzte mich seit einiger Zeit in einen taumelartigen Zustand, der mit Herzklopfen anfing und sich in einer dumpfen Niedergeschlagenheit fortsetzte, die der Hausarzt als "pubertären Weltschmerz" ansprach, "gegen den es kein Pülverchen gibt".

Das Mädchen Ulrike war unerreichbar. Ulrike nahm mich einfach nicht zur Kenntnis, so sehr ich mich auch bemühte, ihr zu gefallen. Du bist der Dame nicht schön genug, sagte ich mir, und das muß es gewesen sein. Mit nichts als Pomade im Haar und Sommersprossen auf der Nase ließ sich Schönheit nicht herbeizaubern.

Tauben müssen sich an den Schlag, in dem sie brüten sollen, gewöhnen. Erst nach Wochen öffnete ich den Schlag und gab der Taube Ulrike Gelegenheit, ihre neue Umgebung kennenzulernen. Es war Sommer, die Ernte war eingefahren, und aus Ställen und Scheunen duftete es nach Heu. Dieser Wohlgeruch hat bis heute zur Folge, daß mir beim Gurren einer Taube, von welchem Dach auch immer, Heuduft in die Nase steigt.

Die Taube Ulrike, der ich meine Zettelchen an das Mädchen Ulrike anvertrauen wollte, war mir stets gegenwärtig. Ich konnte sie in die Hände nehmen und streicheln und in ihrem Gefieder meinen pubertären Weltschmerz unterbringen, indes ich mir bei der Erinnerung an das Mädchen Ulrike nicht sicher bin, ob sie schwarzes, braunes oder blondes Haar hatte und ob sie vielleicht sogar an schief stehenden Zähnen litt.

Als ich für die Taube Ulrike den Maschendraht vor dem Schlag entfernte, entflog sie, ohne sich nach mir umzuschauen. So sind sie, die Tauben. Es kostete mich Mühe, den von mir im Handel gegen weiße Mäuse erworbenen Vogel im Schlag eines dorfweit entfernten Kleingärtners wiederzufinden. Dort im Schrebergarten kannte sie einen Täuberich, gegen den ich nicht antreten konnte, ich mit meinen Sommersprossen.

Aber dahin ist nicht dahin. Die Taube Ulrike bedeutet heute noch einen Sommer in meinem Knabenleben, den ich mir nicht nehmen lasse. Es war ein Sommer voller Hingabe an eine Liebe, ein Sommer voller Poesie, ein Sommer voller Verrücktheit. Ich las Gedichte von Hölderlin und verstand nicht eine einzige Silbe.

Wie es den Knaben so ergeht --- ich habe weder dem Mädchen Ulrike noch der Taube Ulrike Eindruck gemacht. Das Mädchen Ulrike zog mit den Eltern in eine fremde Stadt und ließ sich die Zähne richten, und die Taube Ulrike endete im Topf oder auf dem Grill, was ja beides auf dasselbe herauskommt.

Ein Hund wie aus dem Bilderbuch

Jemand fragte mich, ob ich als Kind tierlieb gewesen sei. Tierlieb, dachte ich, was heißt das? Ich bin auf dem Lande groß geworden. Ich kannte Pferde, Kühe, Ziegen, Schafe, Hühner, und eine Zeitlang war ich mit einem Kaninchen befreundet, allerdings nur bis zur nächsten Weihnacht. Unter dem Lichterbaum wurde mir an der Festtafel mein Kaninchen als Ragout angeboten. Wenn ich heute das Wort Ragout höre, kommen mir immer noch die Tränen.

Ja, ich war tierlieb. Am liebsten waren mir die Hunde. Der Hund ist der treueste Freund des Menschen. Ich erinnere mich an ein Rentnerehepaar, das sich einen Bernhardiner hielt. Dieser etwas zu groß geratene Hund trabte jeden Morgen, im Winter so gut wie im Sommer, ins Dorf, um beim Bäcker Schulte Brötchen einzukaufen. Er trug einen Korb im Maul und stellte den Korb, indem er sich aufrichtete, auf die Theke, damit Fräulein Lisa die Groschen herausnehmen konnte. Obenauf legte Fräulein Lisa die neueste Ausgabe der Tageszeitung, die Sülztaler Bote hieß.

Dieser Brötchenholer, Zeitungsbote und Postzusteller war die Art von Hund, die überall Bello heißt. Aber die beiden Rentner riefen "Hannibal", nach jenem karthagischen Feldherrn, der den Römern das Fürchten beibrachte. Anfangs, als Hannibal vor dem Postzweigstellenschalter stand und knurrte, um auf sich aufmerksam zu machen, hatte der Leiter der Postzweigstelle befürchtet, der Hund könne die Postassistentin Fräulein Schmalstieg, die den Schalterdienst versah und sehr ängstlich war, in Stücke reißen, wenn sie keinen Brief in den Korb hineinzulegen hätte. Aber dann kamen sie auf den Einfall, einen Zettel mit der Nachricht "Heute keine Post" oben auf den Sülztaler Boten zu legen, und nur auf diese Weise gelang es, zu verhindern, daß Fräulein Schmalstieg von Hannibal gefressen wurde.

Nein, Hannibal war ein Hund wie aus dem Bilderbuch, ein edler Freund des Menschen, der nur seine Arbeit tat. Was dem Hund übelgenommen wurde, war seine Angewohnheit, jedem entgegenkommenden Dorfbewohner zu mißtrauen. Er stellte den Korb ab, umklammerte ihn mit den Pfoten und fing an zu knurren. Im Gegensatz zu uns Heutigen war Hannibal klug genug, um jedem Zweibeiner auszuweichen. Unter seinem wuscheligen Stirnhaar hervor musterte er die Dorfbewohner, die er alle insgesamt für

Straßenräuber hielt, was ja auch berechtigt war; denn die Brötchen vom Bäcker Schulte wurden von Hand gemacht und nicht durch Druck auf den Knopf einer Maschine. Nachmittags unternahm Hannibal gerne einen Bummel durch die Dorfstraßen, und diesmal trug er keinen Korb im Maul. Er beschnupperte die Bäume, steckte sein Revier ab und alberte mit Hunden herum, die kleiner waren als er und die sich sofort hinlegten und vor lauter Ergebenheit nicht aufhören wollten, ihm durch Wedeln mit der Rute zu huldigen. Hannibal, ein König unter den Hunden.

Es kam so, daß sich alle Knaben im Dorf zum Geburtstag einen Bernhardinerwelpen wünschten. Aber daraus wurde nichts. Unsere Eltern versicherten sich gegenseitig, sie dächten nicht daran, ein so großes Tier zu füttern, und außerdem: "Die Brötchen können wir selber holen."

Wau. Wau. Herr Schmitz, der bei der Gemeindeverwaltung als Sekretär angestellt und gebildet war, behauptete, Hannibal wäre gar kein richtiger Bernhardiner. Er, Schmitz, wüßte genau, daß Bernhardiner am Hals ein Fäßchen Cognac trügen, um Personen, die es nötig hätten, zu laben. Und was sagten die Dorfbewohner? Die Dorfbewohner sagten: "Ausgerechnet dieser Schmitz, hängt den ganzen Tag an der Bierflasche und will abends von Hannibal noch gelabt werden."

Drei richtige im Lotto

Ein Herr erkundigte sich bei der Lotto-Annahmestelle in unserer Straße, ob er gewonnen habe. "Diesmal bin ich dabei", behauptete er vergnügt, "ich habe drei richtige."

"Meinen Glückwunsch, Herr Doktor", sagte der junge Mann hinter dem Tresen, "man muß nur Geduld haben, nicht wahr? Im Augenblick kann ich Ihnen allerdings noch keine verbindliche Auskunft geben.

"Darf ich Sie anrufen?"

Der Herr war einverstanden. Er hatte Zeit. Er gab deutlich zu erkennen, daß er nicht zu jenen Menschen zu rechnen sei, die das Glück nicht abwarten können.

Jahrelang hatte er in dem kleinen Laden an der Ecke Zeitungen und Zigarren gekauft und den Tippschein ausgefüllt. Aber er hatte nie etwas gewonnen.

"Gut", sagte er und steckte eine Zigarre in Brand, "meine Rufnummer kennen Sie ja."

Gutgelaunt wiederholte der junge Mann die Rufnummer und öffnete die Tür: "Bitte sehr!"

Da wandte sich der Herr noch einmal um und hob scherzhaft warnend den Finger: "Anrufen dürfen Sie, aber nicht zwischen sechzehn und siebzehn Uhr. Dann nehme ich den Tee ein."

Das muß man gehört haben, dachte ich. Wo gibt es heutzutage noch Männer, die zwischen sechzehn und siebzehn Uhr nicht gestört werden dürfen, weil sie Tee trinken? So etwas nenne ich Lebensart. Das ist die alte Zeit, die wir längst entschwunden glaubten. Das ist Sinn für Gemütlichkeit und Begabung für Idylle.

Ich stelle mir den Herrn vor, wie er in einen Polstersessel sinkt. Der Tisch, an dem die Ehefrau schon Platz genommen hat, ist mit feinem Tuch und erlesenem Porzellan gedeckt, und der Tee ist selbstverständlich etwas Besonderes. In der Vase stehen Narzissen oder vielleicht sogar eine Rose; denn alte Herren lieben Rosen.

Ich höre, wie er seiner Frau erzählt, daß er im Lotto gewonnen habe, nur so zum Spaß, wie man auch zum Spaß ein Schneeglöckchen mitbringt aus dem Park oder einen Blechfrosch hüpfen läßt. Er verspricht, daß das Geld in die Reisekasse eingezahlt werden soll. "Drei richtige", sagte er, "habe ich noch nie gehabt."

Und vielleicht sagt er jetzt ein Gedicht auf, etwas Plattdeutsches oder einen Spruch von Wilhelm Busch.

Er gehört zu den Männern, die immer einen Vers von Wilhelm Busch auf der Zunge haben.

Wenn jetzt das Telefon läutet, wird er den Hörer nicht abnehmen. Zwischen sechzehn und siebzehn Uhr ist er für niemanden zu sprechen. In dieser Stunde interessieren ihn weder Totogewinne noch Bankzusammenbrüche, sondern lediglich der Seelenfrieden seiner Familie und die Qualität des Tees. Unter keinen Umständen ist er jetzt bereit, die Nachricht vom Ausbruch eines neuen Krieges entgegenzunehmen. Niemand darf ihm zumuten, sich aus dem Sessel zu erheben, nur weil im Badezimmer das Wasser überläuft. Er ist für vollständige Ruhe, für unverrückbaren Stillstand, für gußeiserne Innerlichkeit, und das Tag um Tag seines Lebens, pünktlich zwischen sechzehn und siebzehn Uhr. Ein Erzvater in unserer Zeit der Elektronengehirne und Düsenaggregate. Ein Patriarch mit dem noblen Verlangen nach Teeduft und Tabakrauch.

Ein Vorbild an solider Beharrlichkeit und männlicher Würde.

Übrigens, ich habe erfahren, was er in jener Tippwoche im dritten Rang gewonnen hat. Es waren drei Mark und sechzig Pfennige.

Festakt für einen Läufer in Rot

Die junge Frau war vormittags in der Stadt gewesen und hatte sich Teppiche angesehen. Sie hatte sich schon lange einen roten Läufer für die Diele gewünscht. Die Farbe Rot stand für Lebensfreude. Gegen achtzehn Uhr sollte ein Bote der Teppichfirma den Läufer bringen.

Sie saßen da bei einer Tasse Kaffee und warteten auf den Boten mit dem Lieferwagen. Sie freuten sich jedesmal so, wenn sie wieder etwas Neues angeschafft hatten. Auf der Diele war die Fußbodenfarbe fast abgetreten.

"Wie lange kennen wir uns schon?" fragte der Mann.

"Fünf Jahre", antwortete die Frau, "und ich habe dich immer noch lieb." Sie küßte ihn; und dann fiel ihr die Geschichte mit dem Bauernjungen ein.

Ein Junge hatte auf ein vorbeifahrendes Auto gezeigt und gesagt: "Mutter, schau mal, ein Bäckermeister!" Der Junge war ganz begeistert gewesen, daß es in der Stadt so viele Bäckermeister gab, und die Mutter hatte der jungen Frau erklärt, daß sie auf dem Lande zu Hause seien, auf einem einsam gelegenen Bauernhof, und daß zweimal in der Woche ein Bäcker vorbeikäme, um Brot anzubieten. "Und nun denkt der Junge", sagte sie, "daß alle Leute, die ein Auto besitzen, Bäckermeister sind." Darüber lachten sie eine Weile, und der Mann sagte: "In unserer Stadt gibt es hunderttausend Autos." Und auf der Diele war die Fußbodenfarbe fast abgetreten. Kurz nach achtzehn Uhr kam der Bote mit dem Läufer.

Es war ein älterer Mann in einem blauen Arbeitskittel. Der ältere Mann sah zu, wie der Hausherr den Bindfaden von der Rolle abschnitt und die Rolle auslaufen ließ. Es war roter Velours und "ein Restposten", wie die junge Frau hinzufügte. Die Diele sah auf einmal herrschaftlich aus. Den abgeschabten Fußboden konnte jetzt niemand mehr sehen.

"Haben Sie ein Schlückchen Wasser für mich?" fragte der Bote. Er stand da wie jemand, der hundert Jahre alt ist und keinen anderen Wunsch hat als Wasser.

Der Hausherr schlug vor, sie könnten ja im Wohnzimmer mit einem

Glas Bier auf den roten Läufer anstoßen. "Sie haben doch hoffentlich Zeit?" fragte er.

Der Bote hatte Zeit, dies war sein letzter Auftrag für heute, und er hatte eine Menge zu tun gehabt. "Meine Frau liegt im Krankenhaus", sagte er.

Sie setzten sich ins Wohnzimmer, die junge Frau stellte den Fernseher ab, und der Hausherr füllte drei Gläser mit Bier. Er sagte: "Auf den roten Läufer, prost!"

Die Frau hatte Krebs, sie lag schon sieben Monate im Krankenhaus, ihr Zustand war unheilbar, und der Chefarzt hatte gesagt, und der Oberarzt hatte gesagt, und die Stationsschwester hatte gesagt, und die Krankenkasse hatte gesagt, und der Pastor hatte gesagt, und die Nachbarn hatten gesagt, und die Kinder hatten gesagt.

Sie waren betroffen von all dem, was gesagt worden war. Aber zum Schluß erzählten sie dem Boten die Geschichte von dem Bauernjungen, für den alle Autobesitzer in der Stadt Bäckermeister waren.

Mehr Apfel als sonstwas

"Auf dem Wochenmarkt hatten sie Äpfel aus Südafrika, Neuseeland, Tirol und Israel", sagte er. "Und die Knochen", fragte sie, "hast du Knochen mitgebracht?" Jawohl, er hatte Knochen mitgebracht. Der Hund würde heute seinen guten Tag haben.

Jetzt im Urlaub war er derjenige, der mit dem Hund auf die Straße gehen mußte und darauf zu achten hatte, daß er ein braver Hund war. In die Bäckerei und in den Supermarkt durfte er den Hund nicht mitnehmen. Sie hatten den Hund gekauft, als die Kinder das Haus verlassen hatten und nichts geblieben war als leere Betten und Regale voller Comics und Bilder von Starsängern an den Wänden. Die Kinder hießen Peter und Marion, und der Hund hieß Hannibal.

Es war der letzte Urlaub in seinem Leben. Im kommenden Jahr würde er in Rente gehen. Blumenstrauß, alles Gute weiterhin, Schaumwein und Geschwafel. Er würde niemals wieder um sechs Uhr morgens aufstehen müssen, um den Bus zu bekommen, der ihn ins Büro brachte. Seit vierzig Jahren fuhr er jeden Morgen um 6.43 Uhr in die Stadt. Er besaß eine Monatskarte mit Lichtbild. Alle Fahrer und sogar die Kontrolleure kannten ihn. Noch vier Monate, dann würde er endlich Zeit haben, seine Briefmarken zu ordnen und die Fotos der Kinder ins Album zu kleben.

"An den Knochen ist nicht viel dran", sagte die Frau, die ihm jeden Tag einen Apfel mit ins Büro gab. Mehr Äpfel als sonstwas, dachte er manchmal. Sie waren vierzig Jahre miteinander verheiratet, und er war niemals dazu gekommen, seine großen Pläne zu verwirklichen, zum Beispiel eine Mittelmeerkreuzfahrt zu machen oder nach Spitzbergen zu reisen oder in Athen auf der Akropolis einen Stein aufzuheben.

Heute morgen hatte er sich an die Haltestelle begeben und auf den Bus gewartet, und als der Bus kam und anhielt, war er eingestiegen und hatte sich mitnehmen lassen in die Stadt. Er genoß das Gefühl, Urlaub zu haben und töricht zu sein.

"Nanu", sagte der Fahrer, "ich denke, Sie sind auf Safari in Kenia oder sonstwo."

Aber er war nicht in Kenia und auch nicht sonstwo. Er saß im Omnibus, Linie 23, Richtung Rathaus. Ohne Warmhaltekanne, Butterbrot und Apfel saß er da und schaute auf die anderen herab, die zur Arbeit fuhren. Er lächelte vor sich hin und hatte es satt, Angestellter zu sein. Er war im Paß-und Einwohnermeldeamt angestellt gewesen und mußte die Neuzugänge bearbeiten.

"Du", sagte er, als er wieder zu Hause war, "rate mal, was ich unternommen habe. Ich bin in die Stadt gefahren und habe guten Tag gesagt im Büro. Sie hatten gestern siebenundzwanzig Neuzugänge. Alle waren nett zu mir. Frau Müller-Kreienbaum hatte eine neue Frisur, und Fräulein Venske bot mir eine Tasse Kaffee an. Und doch war ich froh, als ich mich verabschieden und die Tür hinter mir schließen durfte. Verstehst du, was ich meine?"

Sie sagte, ja, sie könnte es verstehen, aber sie war nie in ihrem Leben morgens um 6.43 Uhr in den Bus gestiegen, um ins Büro zu fahren und siebenundzwanzig Neuzugänge zu registrieren.

Eines Abends kamen Bröselmanns

Eines Abends riefen Bröselmanns an und fragten, ob wir zu Hause seien und nicht zufällig in Amerika oder irgendwo. Das mit Amerika sollte ein Scherz sein. Ich teilte ihnen mit, daß wir zu Hause wären, und daraufhin sagten sie, daß sie gerne auf ein Stündchen hereinschauen würden.

Die Bröselmanns sind unsere Freunde. Wir gehören demselben Buchclub, derselben Haftpflichtversicherung und demselben Zahnarzt an. Die Bröselmanns haben keine Kinder, und daran liegt es, daß sie immer Zeit haben und gelegentlich auf einen Schwatz vorbeikommen.

Bröselmann geht zur Jagd. Er besitzt eine Sammlung wertvoller Flinten, und wenn er uns besucht, bringt er etwas Reh oder Hase mit. Bröselmann ist eine zusätzliche Einnahmequelle für uns, und das Finanzamt weiß davon nichts.

Die Bröselmanns kamen also, und was Frau Bröselmann gleich an der Korridortür sehen ließ, war ein Pelzmantel. Unsere Überraschung war groß, und ich stellte sofort eine Flasche Sekt kalt. Ich hatte das Gefühl, daß für Freunde, die im Pelz kommen, Sekt gerade edel genug ist, und meine Frau hatte dieses Gefühl auch.

Ich verstehe nichts von Pelzen. Was Nerz ist, weiß ich kaum. Aber was Bröselmann seiner Frau abnahm und an die Garderobe hängte, war Nerz, das mußten wir schlucken, und Bröselmann sagte, das Ganze hätte mit Kappe über sechstausend Mark gekostet.

Eigentlich hatten sie einen neuen Wagen kaufen wollen, der alte Wagen war drei Jahre alt und fing an zu klappern. "Meiner Frau zuliebe", sagte Bröselmann, "habe ich auf einen neuen Wagen verzichtet und will es noch eine Weile mit der alten Kiste tun. Alles auf einmal geht eben nicht", fügte er hinzu und lächelte dünn wie jemand, dem es peinlich ist, von Armut zu reden.

Wir feierten das neue Stück, und meine Frau und Frau Bröselmann zogen den Mantel abwechselnd an, um zu beweisen, daß sie beide zu der Klasse von Frauen rechneten, die Nerz tragen sollten. "Gib's doch zu!" rief meine Frau und zielte mit ihren Blicken auf mich.

Ich gab's zu, aber ich hätte es niemals tun dürfen; denn in jener

Minute, in der meine Frau in den Nerzmantel von Frau Bröselmann schlüpfte, hatte ich das Spiel verloren. Meine Frau hatte einen Entschluß gefaßt. Ich merkte es daran, daß ich am folgenden Tag nichts zu essen bekam. Es kam nichts auf den Tisch, weder morgens noch mittags noch abends. Von Essen und Trinken war keine Rede mehr.

Ich spürte, daß sie den Kindern heimlich etwas zusteckte, für Pommes frites und Würstchen und Apfelsaft. Sie wollte offenbar nicht, daß die Kinder in den Streik miteinbezogen würden. Nur mir, dem Ernährer, dem Brotbeschaffer, dem Geldschaufler, sollte der Korb höher gehängt werden.

Nach drei Tagen entschloß ich mich zu reden. "Hör mal zu", fing ich an, "was soll dies alles bedeuten? Was bezweckst du damit? Warum bekomme ich nichts zu essen? Ich habe dir Haushaltsgeld gegeben, aber was tust du? Du läßt mich hungern."

Und nun kam's. Es kam mit Wucht. Es brach über mich herein wie eine Flußüberschwemmung. Ich setzte mich auf einen Stuhl, hielt den Atem an und hörte fassungslos zu.

"Du glaubst doch wohl nicht im Ernst", zischte sie, "daß ich diesen alten grauen Mantel tragen werde!" Sie streckte die rechte Hand mit dem Zeigefinger in Richtung Garderobe aus. "Dieser alte Lappen ist völlig aus der Mode, ich sehe darin so schäbig aus, daß die Nachbarn stehenbleiben und mir voller Mitleid nachschauen. Ich sehe diesen Leuten an, was sie den-ken. Sie denken, daß ich ein armes Hascherl bin, und das bin ich auch. Eines steht fest, das schwöre ich dir: In diesem alten grauen Mantel werde ich keine Bäckerei und keinen Milchladen mehr betreten. Ich riskiere ja, daß man mich nicht bedient. Man wird mich übersehen. Man wird mich verhöhnen. Man wird Bemerkungen über mich machen. Laß es dir gesagt sein: Ich setze keinen Fuß mehr vor die Türe! Geh' du doch los und kauf ein!"

So ist das also, dachte ich. Aber ich wollte natürlich auch nicht derjenige sein, über den die Leute im Milchladen Bemerkungen machen. Ich fing an zu begreifen, daß am Ende dieses Streiks eine Erpressung stehen würde. Meine Frau hatte zugeschlagen, mit der Waffe jener liebenswerten Geschöpfe, die alle miteinander Eva heißen.

Nach acht Tagen gab ich auf. Ich hatte es satt, in Imbißbuden zu stehen und Würstchen zu essen. Ich wollte diese Typen nicht mehr sehen, die dort standen und über nichts anderes als über Fußball redeten. Und ich wollte mich auch nicht länger dem Regen aussetzen, der alles so naß und traurig machte. Ich sehnte mich nach der Wärme meiner Wohnung und nach dem Gong, der mich zu den Mahlzeiten gerufen hatte.

Ich ließ mir ein Anschaffungsdarlehen auszahlen und kaufte meiner Frau einen Pelzmantel, Standardnerz, eine Nummer größer als der Mantel von Frau Bröselmann, und nur die Kappe war vielleicht ein bißchen eleganter.

Ich bekam einen Kuß, wir versöhnten uns, die Kinder lebten wieder auf, und am ersten Abend gab es Kartoffelsalat mit Bockwurst. Es war die teuerste Bockwurst meines Lebens.

Wohlstand aus dem Brustbeutel

Manchmal frage ich mich, wie es denn so gekommen ist, daß ich es zu nichts gebracht habe. Ich habe kein Haus auf Sylt, keinen Picasso an der Wand, keinen Porsche in der Garage. Ich habe nicht einmal ein Konto bei einer Bank, die mir erlaubt, das Konto zu überziehen. In volkswirtschaftlicher Hinsicht bin ich für Geldinstitute eine Null.

Ich glaube, daß mir von Kindesbeinen an Weitsicht und Geiz gefehlt haben. Ich bin nicht darauf gekommen, daß es notwendig ist, die Groschen zusammen zu halten. Ich gab meine Groschen für Rahmkaramellen aus und später für literarische Werke, und der Verzehr von Rahmkaramellen hatte zur Folge, daß ich jahrelang einen Zahnarzt mit Frau und drei Kindern ernähren durfte.

Ich erinnere mich an eine Begegnung, die als aufschlußreich für meinen Mangel an Weitsicht und Geiz angesehen werden muß. Meine Eltern hatten mir zum Geburtstag Geld geschenkt, damit ich in einer zwanzig Kilometer entfernten Stadt im Kino den Film "Die Nibelungen" ansehen konnte.

Am Fahrkartenschalter der kleinen Bahnstation sprach mich ein triefäugiger älterer Mann an und sagte, daß er seit Weihnachten nichts mehr zu essen bekommen hätte, keine Kartoffel, kein Brot, rein garnichts, und ich möge ihm doch um Christi willen eine Kleinigkeit geben.

Er hielt die Hand auf, und ich gab ihm mein Fahrgeld. Den Weg zur Stadt, die zwanzig Kilometer Landstraße, legte ich zu Fuß zurück. Ich war bei strömendem Regen und krachenden Gewittern unterwegs, und statt der Nibelungen lernte ich im Krankenhaus Schwester Bonita kennen, die mir Spritzen setzte. "Du hast Lungenentzündung", sagte sie.

Ich erzähle das nicht um darzutun, was für ein liebes Kerlchen ich war. Der Vorgang beweist nur, daß ich lebensuntüchtig war. Ich habe bis heute nicht gelernt zu unterscheiden, ob jemand tatsächlich hungert oder ob er Schnaps trinkt. "Wer einem Trinker Geld gibt", sagte meine Mutter, "der verwandelt das gute Werk in eine Untat".

Einmal unternahm ich mit einem Mitschüler eine Tagestour auf dem

Fahrrad. Wir wollten die Müngstener Brücke besichtigen. In einer Gastwirtschaft aßen wir Kartoffelsalat mit Würstchen und tranken Apfelsaft, und als bezahlt werden mußte, erklärte mein Freund und Mitschüler, daß er vergessen habe Geld einzustecken. Mir fehlten an der Summe jedoch zwei Mark. Was nun? Der Kellner schlug vor, wir sollten als Pfand ein Fahrrad dalassen. Ein Fahrrad?

Der Kellner stand da und wartete. Es wurde peinlich. Am Nebentisch fingen die Leute an zu grinsen. Daraufhin nestelte der Mitschüler aus einem ziegenledernen Brustbeutel einen Zwanzigmarkschein und bezahlte sein Würstchen. Ich hatte bis zu diesem Zeitpunkt noch keinen Zwanzigmarkschein gesehen geschweige denn besessen.

Diesen Mitschüler, dem Dorf entsprossen wie ich, habe ich bewundert, und ich bewundere ihn immer noch. Er ist zu akademischen Würden emporgestiegen und leitet als Präsident einen Konzern, der sich mit multimedialem Irgendwas befaßt. Ich verstehe davon nichts.

Gelegentlich sehe ich ihn auf dem Fernsehschirm, wo er sich zu Fragen der Wirtschaft äußert. Er sieht gut aus, das gebe ich zu. Er ist der Mann, der heute verlangt wird. Wie wird man Präsident? Ich weiß es nicht. Beim Betrachten stelle ich mir vor, wie er die Krawatte lässig beiseite schiebt, das Hemd aufknöpft und aus dem ziegenledernen Tresor auf seiner Brust eine Banknote zieht. Freilich gehe ich nicht so weit zu erwarten, daß er dabei rot wird.

Der Mann des Jahres

Den Vorschlag, den Mann des Jahres zu suchen, machte Frau Adelgunde Bösemeier, die in unserem Viertel als gescheit und emanzipiert angesehen wird. "In einer Zeit, in der es von Bankräubern, Geiselnehmern und Vergewaltigern nur so wimmelt", sagte Frau Bösemeier, "sollten wir Frauen nach Männern Ausschau halten, die etwas vorbildlich Gutes vollbracht haben. Wenn die Zeitung über unsere Aktionen und die von uns erwählten Männer berichtet, werden sich in Zukunft viele Herren danach drängen, als 'Mann des Jahres' herausgestellt zu werden. Was halten Sie von meiner Idee?"

Sie hielten etwas davon, und auf der Stelle wurde ein Ausschuß gegründet, der damit beginnen sollte, eine Person männlichen Geschlechts zu finden, die würdig war, auf die vorgeschlagene Weise geehrt zu werden.

"Er muß maximal das Beste aus sich herausgeholt haben", sprach Frau Bösemeier, die emanzipierte.

"Maxi... was?" fragte eine Dame mit Milchtüten im Netz, aber der Ausschuß gab ihr keine Antwort.

Ich selbst, der das hier erzählt, hatte mit der Sache nichts zu tun. Ich rechnete zu den Vergewaltigern oder günstigsten Falles zu den Bahnhofspennern, die ja verhältnismäßig unschuldig sind. Aber meine Frau steckte mittendrin. Meine Frau war es, die die Verhandlungen mit der Presse aufnehmen sollte.

Ab sofort gingen die Damen an die Arbeit. Kein Jüngling über achtzehn wurde ausgelassen. Sie alle wurden auf Herz und Nieren überprüft und ob sie im Gefängnis gesessen hätten. "Denkt an das Maximale", ermahnte Frau Bösemeier, "es müssen Leistungen sein, die als vorbildlich betrachtet werden können." Als vorbildlich, um ein Beispiel zu nennen, bezeichnete die Vorsitzende den alten Herrn Rumpelstiel, der den Waisenkindern von St. Lukas einen Esel geschenkt hatte, zum Streicheln und so. "Es macht auch nichts, daß der Esel räudig geworden ist", sagte sie, "aber die Kinder wissen jetzt, was ein Esel ist."

"Was bekommt der Mann des Jahres dafür, daß er vorbildlich ist", fragte ich meine Frau, die hinter der Schreibmaschine saß, um einen Artikel für die Presse zu verfassen. "Ich meine", sagte ich, "lohnt es sich für den Betreffenden, das Gewerbe eines Bankräubers aufzugeben und stattdessen nur noch Gutes zu tun?"

"Sei nicht so zynisch", antwortete sie, "sein Bild wird in der Zeitung veröffentlicht und seine gute Tat geschildert. Auch du solltest danach streben, in die Zeitung zu kommen. Aber laß dir vorher die Haare schneiden."

"Bankräuber kommen sowieso in die Zeitung, unter Vermischtes", sagte ich, "ihr müßt dem Mann des Jahres doch wenigstens eine Kiste Zigarren und eine Flasche Cognac überreichen."

"Männer, die rauchen und trinken, kommen überhaupt nicht infrage", sagte sie, "sie sind unfähig, etwas Gutes zu tun." Das war nicht gelogen, denn von Bankräubern weiß man ja, daß sie überall volle Aschenbecher und leere Flaschen zurücklassen.

Die Damen stellten eine Liste von Zeitgenossen zusammen, die ohnehin in unserer Stadt das Gute förderten, indem sie dem Kirchenchor angehörten, Altkleidersammlungen für die Dritte Welt veranstalteten und gegen das Parkverbot kämpften. Es stellte sich heraus, daß es nicht leicht war, einen Helden zu entdecken, der nichts als Gutes vollbringen wollte. "In dieser Stadt", behauptete meine Frau, "herrschen nur Gemeinheit und Egoismus. Jeder ist sich selbst der Nächste. Nun ja, wir haben einen Vorschlag bekommen, aber wir können doch schließlich nicht einen Busfahrer ehren, nur weil er durch witzige Bemerkungen die Fahrgäste zum Lachen bringt."

"Warum nicht", rief ich hocherfreut aus, "dieser Typ ist es wert, geehrt zu werden. Wann macht in diesem Jammertal schon jemand eine witzige Bemerkung?" Ich lud die Damen des Ausschusses zu einer Fahrt mit dem Bus ein, in dem dieser Mann Dienst tat. Sie lernten einen stoppelbärtigen Mann mit Lachfältchen um die Augen kennen. Er war wirklich eine originelle Nummer, und er gab auch sofort eine Probe seiner Schlagfertigkeit ab.

"Mein Herr", sagte er, als ich vier Fahrscheine mit einem Zwanzigmarkschein bezahlen wollte, "wollen Sie einen Fahrschein --- oder haben Sie vor, als Aktionär bei den Verkehrsbetrieben einzusteigen?"

Es war so witzig, daß die Leute anfingen zu lachen.

Sofort herrschte im Bus trotz des Regens heitere Stimmung. "Ein Mann, der Humor besitzt", stellte Frau Bösemeier fest, "hat auch ein gutes Herz". Die Damen beschlossen, dem Antrag zuzustimmen und dem Busfahrer Karl Baumhövel, dreiundfünfzig Jahre alt, verheiratet und vier Kinder, Kaninchenzüchter und Mitglied der Freiwilligen Feuerwehr, zum Mann des Jahres 1997 zu erheben.

"Geht in Ordnung", meinte der Mann mit seinen Lachfältchen, "ich bin also der Mann des Jahres. Aber was hab ich davon? Sind da nicht wenigstens eine Kiste Zigarren und eine Flasche Cognac drin?"

Mildernde Umstände für einen Seeräuber

Wir nannten ihn Störtebekers Junge, und das kam so. Studienrat Griesand hatte uns erklärt, daß alle Menschen Brüder seien. "Du und du und du", sagte er, indem er mit dem Lineal auf uns deutete, "ihr seid alle miteinander verwandt. Euch allen ist die Abstammung von Adam, dem Urvater des Menschengeschlechts, gemeinsam."

Aber da kannte Griesand seine Schüler schlecht. Sie wollten nicht mit Krethi und Plethi verwandt sein - und wozu auch? Allen voran wehrte sich Klaus Stolpe gegen diese Zumutung. Er erhob sich und sagte: "Ich stamme von Störtebeker ab." Das verschlug dem Studienrat die Sprache. Er schloß den Unterricht ab mit der Miene eines Gerechten, der gottlob die Verantwortung für Störtebekers Piraterie nicht zu tragen braucht.

Irgendwann kehrte Griesand zum Thema zurück; er hatte daheim am warmen Kaminfeuer und bei einem Schluck Rum ein schlaues Buch aufgeschlagen. "Klaus, du weißt, daß Störtebeker ein Seeräuber war? Er wurde im Jahr Eintausendvierhundertundzwo auf dem Grasbrook in Hamburg mit seinen Kumpanen gehenkt." Ja, Klaus wußte es, und er fand es großartig - nicht geradezu das Gehenktwerden, jedoch den Kampf der Vitalienbrüder und Likedeeler gegen die Armut.

Das Thema forderte uns heraus, und am Ende des Schuljahrs wußten wir über die Geschichte der Freubeuterei besser Bescheid als über Casars Krieg in Gallien. Ob Klaus Stolpe wirklich ein Ururenkel des Seeräubers war, blieb offen. In Stolpes Familie hielt sich hartnäckig dieser Tick, mit Störtebeker verwandt zu sein. Was bedeutete es schon, daß er gehenkt worden war? Er hatte seine Beute mit den Besitzlosen geteilt.

"Reden Sie ihm das Thema aus", befahl der Rektor dem Studienrat. Aber da war nichts auszureden. Störtebekers Junge hielt an seinem Stammbaum fest. Wir Mitschüler stammten von Bauern, Handwerkern und Beamten ab, lauter braven Spießern, die sich vor der Freibeuterei eher gefürchtet hätten als sie zu betreiben. Nur einer hatte den Mut, sich zu einem Bösewicht in der Sippe zu bekennen. Er, Klaus Stolpe, bat um mildernde Umstände für einen Seeräuber.

Wenn die Lehrer gedacht hatten, daß aus diesem Klaus Stolpe, der hinter der falschen Flagge kämpfte, nichts Gescheites würde, dann hatten sie sich geirrt. Stolpe promovierte mit einer Arbeit über die Geschichte der Freibeuterei im 15. und 16. Jahrhundert. Er machte sich als Autor und Wissenschaftler einen Namen. Professor Dr. Klaus Stolpe, Germanist und Historiker.

Sein Lehrstuhl brachte ihm nichts. Er wurde eingezogen und an der Ostfront eingesetzt. Dort weigerte er sich, auf den Feind zu schießen. Er wurde in ein Strafbataillon versetzt und fiel vor Stalingrad beim Räumen eines Minenfeldes. Als ich diese Nachricht erhielt, lebte auch Studienrat Griesand nicht mehr. Ich hätte ihm sonst einen Brief geschrieben. Ich hätte ihm gesagt, daß kein Vorbild zu gering sei, als daß es nicht auch Störtebeker heißen könnte.

Eine Liebe im Kleinformat

Er ist umgezogen und hat jetzt eine andere Hausnummer. Die Fußböden in der neuen Wohnung stehen voller Kartons, in die er Wäsche, Geschirr und Bücher hineingestopft hat. Auf dem Boden eines dieser Kartons, die der Spediteur zur Verfügung gestellt hat, findet er die Fotografie eines Mädchens, das vielleicht sechzehn ist, eines jener billigen, braungelben Automaten-Fotos im Kleinformat.

Es ist das Gesicht einer Schülerin, die heute morgen einer Ballade wegen, die sie fehlerfrei aufgesagt hat, vom Deutschlehrer gelobt worden ist. Er weiß nicht, wie er darauf kommt, daß es eine Ballade gewesen sein soll. Balladen, denkt er, bringen etwas Tragisch-Pathetisches auf. Er betrachtet das Bildchen, den Kopf einer Sechzehnjährigen, die heiter und unbekümmert ins Dasein blickt.

Das Foto lag auf dem Boden eines dieser Kartons. Sicher ist es bei einem Umzug, der vorher stattgefunden hat, aus dem Trödelkram eines Jungen herausgerutscht. Auf der Rückseite des Fotos ist in einer Handschrift, die sich des Schönschreibens befleißigt, vermerkt: "Für Wolfgang von seiner Helga". Das Datum liegt drei Wochen zurück.

Ach, eine Jugendliebe, eine ganz und gar taufrische Liebe, eine Liebe im Kleinformat. Und nun hat Wolfgang Bild und Widmung verloren. Sie sind in fremde Hände geraten, in den Bereich von Menschen, die sich vielleicht empört über die Herzensangelegenheit zweier junger Menschen äußern werden: "So jung und schon auf Freiersfüßen, es ist nicht zu fassen."

"Von seiner Helga" steht da. Wer ist Helga und wer ist Wolfgang, sind es Kinder der Stadt, in der auch der Finder lebt? Fragen über Fragen, und wie verhält man sich nun. Der Mann ist kein Grobian, kein Rohling, kein Snob, der sich um Liebe nicht kümmert. Er stellt sich unter Wolfgang einen Knaben vor, der verzweifelt seine kleinen Verstecke nach dem Bildchen absucht. Der Mann weiß, daß ein Foto mit Widmung wertvoller sein kann als eine Aktie. Der Verlust einer Liebesbotschaft kann tiefer schmerzen als Betrug.

Da liegt das Bildchen aus dem Automaten. Sein materieller Wert lohnt nicht die Mühe, eine Aktion daraus zu machen. Soll er es der Firma, die den Umzug durchgeführt hat, zurückschicken? Eine

Kleinanzeige aufgeben? Zum Fundbüro gehen?

Gerne würde der Mann das Bildchen in Wolfgangs Tasche zurückzaubern. Aber wer unter den Hunderten von Schülern, die aus den Klassenzimmern stürmen, ist dieser Wolfgang, der von einer Sechzehnjährigen geliebt wird? Wie sieht er aus? Ringe in den Ohren und ein Rattenschwänzchen im Genick? Sieht man ihm die Angst an, daß Helga fragen wird: "Bedeutet dir meine Liebe so wenig?" Oder hat Helga diesen Satz hingeschmettert und ist daran die Liebe zerbrochen?

Der Kehrricht eines Umzugs, und soviel Aufhebens um ein Stückchen Pappe aus dem Automaten. Der Mann zündet eine Kerze an. Es ist eine Kerze aus Honigwachs, die er aus Griechenland mitgebracht hat. Er läßt das Bildchen langsam an der Flamme zergehen. Süßer Duft belohnt den Entschluß zur Einäscherung, und laut denkt er in den Raum hinein, in dem seine Bücher auf Regale warten, er denkt: Letzten Endes geht alles in Rauch auf.

Festakt im Regen

In Deutschland regnet es, und aus dem fernen Land Sizilien wird Sonne und Beginn der Mandelblüte gemeldet. Ich wohne im ersten Stock eines Mietshauses, und wenn ich aus dem Fenster schaue, um mich zu vergewissern, daß es immer noch vom Himmel herab kübelt, werfe ich einen Blick auf die Baustelle dort unten. Es ist eine Baustelle, die von der für Baustellen zuständigen Behörde als Dauerbaustelle eingerichtet wurde.

Die Straße wird in regelmäßigen Abständen aufgerissen, zugeschüttet, aufgerissen, zugeschüttet, und so weiter. Damit diese Bemühungen in den Augen der Anwohner einen Sinn erhalten, werden Rohre gelegt für Gas, Telefon, Kabelfernsehen, Lauschangriffe und für chemisch gereinigtes Wasser, damit wir morgens unseren Gesundheitstee aufbrühen können.

Das Gute daran ist, daß Gastarbeiter dabei das tägliche Brot verdienen. Wir Anwohner unterhalten uns gelegentlich mit diesen Söldnern der Spitzhacke. Sie kommen aus Sizilien, dem Land der Sonne und der Mandelblüte, und gehorchen einem Vorarbeiter, der Cesare heißt und wie ein Liebhaber aus einem Film von Fellini aussieht.

Dieser Fellini-Typ geht an der Baustelle auf und ab und erklärt seinen Landsleuten, wie es gemacht werden soll, nämlich presto prestissimo, und was heißt das? Meine Frau sagt, das muß soviel bedeuten wie "langsam, immer langsam, capito"?

Weil es regnet, haben sich die Sizilianer einen Sack über den Kopf gestülpt. Jetzt sehen sie aus wie Kapuzenmänner, die sich aus dem Innern der Erde bis zu unserer Straße hinaufgebuddelt haben. Die Kapuze verleiht ihnen etwas Gnomenhaftes und Schalentierartiges. Sie sehen gar nicht mehr aus wie Italiener, die doch Kinder der Sonne sind, aber sie sind immer fröhlich und singen bei der Arbeit.

Ich mag die Italiener, und ich verstehe nicht, warum die Germanen die Römer umgebracht haben. Warum haben sie Varus nicht aufgefordert, ihnen zu zeigen, wie man Kochtöpfe und Bratpfannen herstellt, das wäre doch gescheiter gewesen.

Mit der Heimat verbindet sie vorerst nur der Postbote.

Der Postbote kommt gegen Mittag in ihre Unterkunft und verteilt Briefe und Päckchen. Heute morgen hat der Postbote ein Telegramm abgegeben. Ein Landsmann, der einen Arm in der Binde trägt, kommt im Laufschritt herbei und schwenkt das Telegramm. "Alberto", schreit er, "Alberto"! Es ist offensichtlich, daß Alberto eine wichtige Nachricht empfangen soll.

Im Nu versammeln sich die Kapuzenmänner um Alberto, der wie betäubt wirkt. Seine Lippen bewegen sich wie im Gebet, Mama mia, und er hält sich am Stiel seiner Schaufel fest, um nicht umzufallen. Die Maschinen sind abgeschaltet worden, und der Lärm verebbt. In dieser Minute sieht Alberto aus wie ein Hirte, der sich damit abfinden muß, daß er ein Schaf entweder verloren oder gewonnen hat.

Albert öffnet das Telegramm und liest: "Caro Alberto mio ...", und schon nach wenigen Worten erhebt sich großer Jubel. "Alberto Papa", verkündet Cesare den deutschen Zuschauern, "Alberto Bambino!"

Dann heben sie den jungen Vater auf die Schultern und tragen ihn umher. Vor Igelbrinks Feinkostladen setzen sie Alberto ab, und Cesare stiftet eine Flasche Vino classico. Dieser Ausbruch von Freude vor meinem Fenster, diese Anerkennung der Leistung eines Kollegen, dieser Festakt im Regen erfüllt einen Nachmittag lang unsere Straße mit Glück.

Inhaltsverzeichnis

www.ingramcontent.com/pod-product-compliance
Lightning Source LLC
La Vergne TN
LVHW010432230826
846092LV00009BA/1134

* 9 7 9 8 5 4 9 1 8 4 9 6 1 *